U0607945

KUWEI
酷威文化
图书　影视

蔡澜 著

山河不足重,重在遇知己

江苏凤凰文艺出版社
JIANGSU PHOENIX LITERATURE AND
ART PUBLISHING

目录
Contents

莫愁前路无知己

奇趣之人

四海之内皆兄弟

莫愁前路无知己

欢宴

张敏仪请食饭，在上海总会，她不是上海人，但因为查先生和倪匡兄都生于江浙，还有一个朋友周星驰也是宁波人。

大家的线视集中在徐小凤身上，那么多年，她仍然故我，真人没在舞台上看到那么高大，身材也苗苗条条，说话时那把声音迷死人。

"你说你从来不去听演唱会的。"徐小凤记性好，追问倪匡兄，"那为什么周慧敏的你就到了？"

"你的我也会去呀，"倪匡兄说，"要是我儿子追的是你的话。"

"去，去，去！"徐小凤连去三声，把嬉皮笑脸的倪匡兄骂走。

"坐在前排，两个大喇叭对着，回来三天听不到东西。"倪匡兄补了一句，不知是不是安慰徐小凤。

"如果说耐听的话，香港只有徐小姐的歌！"有人送上一顶高帽。

"还有一个蔡琴，老歌也唱得好。"另一位朋友说。

还是查先生急智，不佩服不可，他说："但是蔡琴不是香港人。"

徐小凤大喜了，连连向查先生敬酒。

周星驰要买查先生作品的版权，查先生看过《少林足球》和《功夫》，说信得过他，收一块钱可矣。

"那么请您找九块吧！"周星驰很快地拿出一张十块钱来。

查先生更快："好，当成订金，版权费另计。"

"其实当今特技已经可以让导演想到什么拍出什么，金庸小说，本来就是一个好剧本，应该一字不漏，从头到尾拍一次。"有人建议，大家赞同。

"网上有人发消息，说查先生的修订版改得不好，我刚看过《鹿鼎记》，其实情节没有改，每个人物加几笔，已从平面变成立体，实在厉害！"倪匡兄五体投地。

"那么七个老婆有没有改呢？"有人问。

倪匡兄大笑："没有改。改了我就不看了，我是从最后看起的。"

和查先生吃饭

我们最尊敬的大师查良镛先生八十岁了，胃口还是那么好，真不容易。但是对食物，有固定的那几种，不像我那样什么都尝试。

"我和蔡澜有很多同好，吃则完全相反。"查先生曾经那么说。

查先生大方，曾经邀请我欧游数次，有一回在伦敦，我建议到黎巴嫩菜馆，吃了生羊肉，各类香料用得很重的菜。查先生微笑地陪伴着，坐在露天茶座，天气热，额上流汗，不举筷也不作声。当时我见到了真是不好意思，从此一块吃饭，不敢造次，永远是由他决定吃些什么。

查先生为江浙人，当然最爱吃江浙菜。广东菜也能接受，但只点大路的，像蒸鱼、炸子鸡等。北方人的酸辣汤，也喜欢。

粤菜馆来来去去是那几家，港岛香格里拉酒店的，或者国际金融中心的，吃惯了较为安逸。

至于日本料理，会来金枪鱼腩，两块海胆寿司，一大碗牛肉稻庭面，铁板烧也经常光顾。

说到牛肉，可是查先生的至爱，西餐店的一大块牛扒，吃得不亦乐乎。

每回，都是查先生埋单，有时争着付，总会给查太太骂。总过意不去，但有一次，倪匡兄说："你比查先生有钱吗？"

说得我哑口无言，只好接受他们的好意。

查太太一直照顾着查先生的饮食，年纪大了，医生不让吃太甜。这刚好是查先生最喜欢的，我每次和他们吃饭，买了数瓶意大利 Moscato d'Asti 甜葡萄汽酒孝敬，查先生喝了对味，查太太也允许，就不再喝我们从前都喜欢的单麦芽威士忌了。记得当年一起吃饭，都爱叫一杯，查先生只在中间加了一块冰，白兰地倒是少喝的。这点与倪匡兄又不一样，他只喝白兰地，不懂得威士忌的乐趣。

席上，倪匡兄总是坐在查先生一旁，他们两位浙江人叽里咕噜，大家记性又好，三国水浒人物的家丁名字都叫得出来。

常客之中有张敏仪，她也最崇拜查先生，每次相见都上前拥抱他老人家一番，才得罢休。也知道查先生最吃得惯江浙菜，常在上海总会宴客。那里的菜已不用猪油，但火筒翅是这酒家创出的，又香又浓，查先生喜欢，查太太与我则注重环保，不尝此味。

熏蛋也做得好，查先生喜爱的是饭后的八宝饭，煎过的最佳，一定多吞几口。

也不是所有的上海菜都合老人家胃口，曾经到过一家老字号，做出来的都走了味，查先生发了脾气，从此我们就不敢建议到那家老字号去吃了。

也有一回来了几个内地的名厨，表演淮扬菜，大家吃过之后你看我我看你，最后查太太带我们转到那酒店的咖啡室，叫了几客海南鸡饭，查先生吃了才笑出来。

每到一处，总有酒店经理或闻风而至的书迷，带着金庸小说来请查先生签名，老人家也来者不拒。兴之所至，还问来者之名，用来题上两句诗，这种即兴的智慧，更令大家佩服到极点。

"天香楼"还是最信得过的杭州菜馆，查先生进餐地点大多数集中在他居住的港岛，不太过海来吃。但"天香楼"是例外，每次去，都叫老伙计，外号"小宁波"过来点菜，查先生如数家珍：马兰头、鸭舌、酱鸭为前菜，接着是烟熏黄鱼，或熏田鸡腿、炸鳝背、咸肉塌菜、龙井虾仁、西湖醋鱼、东坡肉、富贵鸡、云吞鸭汤。

正在等上菜时来杯真正的龙井，啃白瓜子，食前上一碟酱萝卜，也极为精彩。这里的绍兴酒一流，查先生就不喝洋酒了。

吃得饱饱，最后上的酒酿丸子，里面还加了杭州少有的草莓，色泽诱人，酒糟味浓，可口之极，查先生爱的，都是甜。

到了夏天，查先生最喜欢吃西瓜，我也冒着被查太太责备的危险，从北海道捧了一个特大的，全黑色，打开了鲜红，是西瓜之王，查先生也很乖，只吃几小块。

秋天的大闸蟹，当然也吃，常在家里举行蟹宴，查太太一买就是几大箩，她本人也极为喜欢，但为了给查先生增寿，戒食之，拼命劝人多来几只，自己不动。查先生其实对大闸蟹也只是浅尝，喝得多的，是那杯加糖的姜茶。

　　一次刚动过小手术，查先生在家休养，咸的当然是一点也不能碰，每天三餐，只吃不加盐的蒸鱼，有日夜三更的护士照顾，身体复原得很快。

　　差不多恢复健康时，照样不准吃甜品，查先生偷偷地把一小条朱古力放进睡衣口袋，露出一小截来，给查太太发现了没收。甫入睡房，查先生再从护士的皮包中取出一条，偷偷地笑着吃光。

韩国料理

刚从济州岛回来，大啖韩国料理，不亦乐乎。

我对韩国菜是百食不厌的，尤其是他们的金渍（Kimchi）①。种类之多，怎么吃也吃不完。当今发现金渍的酵素对人体有益，全世界大行其道，热爱健康的人更拼命追捧，也许会继韩国电视剧之后，再卷起一阵韩菜狂潮。

停了几天，又心痒痒，想起那一大碗的杂菜饭（Bibimpap）②，刚好银行高层友人冯小姐来电，说约了查先生夫妇、倪匡兄夫妇、堪舆学家阿苏和他的友人爱美夫妇，连同名模 Amanda S. 和我，一共十人，在铜锣湾罗素街的"伽"韩国料理晚宴，大喜，欣然赴约。

"查先生不是只爱吃上海菜的吗？辣的他惯不惯？"我问冯小姐。

她回答："这一餐是为了查太太，她最近猛追韩剧，越来越对所有韩国东西着迷。"

---

① 金渍：韩式泡菜。
② 杂菜饭：韩式拌饭。

原来如此，这也好，由我这个韩国料理通来点菜，花样有更多的变化。韩籍经理前来，我向她叽里咕噜，对方一直点头，说："耶、耶。"

那是"是、是"的意思，看不配音韩剧的人都听得懂。《大长今》里，皇后一命令宫女，她们都回答："耶，妈妈。"

"韩国话你也会讲？"查太太问。

我笑道："只限于点菜而已，其他的一点也不通。"

人多，菜可以大叫特叫。我要了蒸牛肋骨、生牛肉、肥猪腩包生菜、海鲜汤、煎葱饼、杂菜饭、辣捞面等。平时不点烤肉，但查先生爱吃牛舌头，再来烤的，还有牛肋骨、牛肉碎和记不清的一大堆。

菜还没上，桌面已摆满免费奉送的小菜，有辣有不辣。查先生不吃辣，查太太细心地叫了一碗温水，把辣菜冲了一冲，才夹给查先生吃。

人参鸡接着上，查先生说这道菜吃得惯，很喜欢，我们才安心下来。

接着查先生和父亲是法国人的 Amanda S. 用法语交谈，那可不是点菜那么简单，两人对答如流，轮到所有的人都听不懂。

金渍之中，也分腌久的和新鲜腌的。后者在上桌之前把白菜烫了一烫，然后揉上大量的蒜蓉和辣椒酱，即吃即做，阿苏师傅特别喜欢，一碟吃完还要另一碟。

"Hana Toh。"我向韩籍经理说。

对方又是"耶"的一声退下。

"那是什么意思？"阿苏问。

"Hana。"我说，"发音像日文的花，是'一个'。Toh 发音像广东话的多，就是'多一个'。这句话很好用，到了夜总会，女伴不够，也可以说 Hana Toh。"

大家听了都笑骂我好色。

黄鱼接着上，虽不是游水的，用盐腌了一夜，由韩国空运来。当今中国黄鱼被吃得绝种，都是养的，只有韩国才有真正野生的黄鱼。烤过之后一阵阵的久未闻到的黄鱼味，吃得倪匡兄这位江浙人大乐。

冯小姐爱吃牛肉，对韩国的生牛肉情有独钟。做法是把最上等的生牛肉切丝，拌以蜜糖、大蒜和生鸡蛋，特别美味，比西餐的鞑靼牛肉好吃几倍，但是吃不惯的人还是居多，我把别人吃不完的那几碟拿来，又一下子扫光。

本来有一道菜是卤猪脚切片后，用来包生菜的，但我嫌有时猪皮还是太硬，改点了白焯五花腩来包。这道菜用高汤来生焯，不逊台北"三分俗气"做的"白玉禁脔"。吃法是把一叶生菜或紫苏叶摊开，肉放其中，上面放大蒜片、韩国辣酱和不可缺少的小鱼小虾酱，然后包起来一口咬下，甜汁流出，是仙人食物，也再次证明了肉类和海鲜加起来特别美味，韩国人早明白这个道理。

"Hana Toh，Hana Toh。"阿苏师傅已食了三四碟新鲜泡菜，还不断地向女侍说。

"请她们打包，给你带回去？"我问。

　　阿苏点头称好，但店里的人说其他泡菜可以打包，这是现做现吃的，不行。我哪听得下？向韩籍经理说："把辣酱和焯好的白菜分开包，回家后自己混在一起吃，不就行吗？"

　　当然得逞。韩国泡菜是有道理的，当年非典肆虐，东南亚国家也只有韩国没有一个人中招，可以证明他们的食物是能起到预防效果的。

　　饱饱，以为再也吃不下时，Amanda S. 拿出两个自制的蛋糕宴客。她将要开店，也乘这个机会向阿苏师傅请教。阿苏其实并不姓苏，他只是非常谦虚，每次大家赞他算得准，都会说：so so 罢了，故名之。

　　蛋糕水平很高，上回拍节目时倪匡兄吃了一口，就把整个捧回去，不让别人尝。这回他也大吃，虽然做得不是太甜，但也有点口干，看到面前有一碗"西红柿汤"，就喝一口来中和，突然喷出来。

　　原来，他喝的，是查先生洗了辣椒酱的水。

四分之三世纪

查先生请吃饭，话题高级八卦，离不开茅山师傅以性爱做的法事，已被法官定罪。

"罪名是诈骗，那也能成立的话，以后每一个老婆都可以告老公诈骗了，哈哈哈哈。"倪匡兄大笑四声后说。

"太迟了，太迟了。"倪太回应。

"男子追女子，哪有一个不骗人的？"大家都同意。

"要抓的话，去兰桂坊好了。那里的男女，抓个不完。"倪匡兄说，大有替儿子申冤之意，众人都笑他。

"到底有没有性爱改运这回事？"大家问在座的堪舆学大师阿苏。

阿苏摇头："我从来没有听过。如果我是法官，我会说那么蠢的事都做得出，把双方大骂一顿就是。"

话题一转，倪匡兄说查先生的记忆力，是他认识之人最厉害的一个，有什么人和事不懂，一问就有答案，几十年来从未失手。

"广东的南天王是谁？"倪匡兄又来考查先生。

查先生想也不想，即说："陈济棠。"

陈济棠又是谁呢？我们这群凡人，当然没有一个记得。倪匡兄解释：陈济棠可是一个不得了的军阀，自己拥有飞行队伍。当年想和国民政府对抗，但犹豫不决，跑去问相命先生，相命的给他四个字：机不可失。他以为可以一打，结果造反的是那群飞机师，后来陈济棠逃到香港，度过余生。

查先生今年已经八十六岁了，还那么健康，超过一百绝无问题。他记忆力还是那么强，连电视连续剧的小角色，由哪一个新人扮演，都说得出名字来，倪匡兄今年也有七十五。

"那是四分之三世纪呀！"他感叹道，"有个八婆多嘴，看到我吃猪油，拼命劝说这不行，那不行。最初我还不出声，后来忍无可忍，指着她的鼻子：你活到七十五岁再跟我说！"

怪树

前些时候，好友一起聚会。

"我们在墨尔本的家，你还没来过。"查先生向倪匡兄说。

"连澳大利亚也没去过，我最懒惰坐飞机了。"倪老人家说。

"你不喜欢出门，倪太可爱旅行。为了她，你也应该走走。"我这招一出，倪匡兄是抵挡不了的。

他望了倪太一眼："好好，去就去。"

大家高兴了一下，倪匡兄接着提出："我有一个条件。"

"什么条件？"众人问。

"澳大利亚羊那么多，我要烤一只来吃，就在你们家花园烧好了。"他说。

"行，行，一定做到。"查太太拍胸口。

就那么说好，查先生查太太回墨尔本过农历年一个月。我们等到他们要返港的前五天去，会合一块回来。

时间到了，我陪着倪匡兄嫂两位，乘国泰的直航机飞墨尔本。夜航，一早到。

我一向坐上飞机即能入眠，可是这一晚不安宁，看了两部电影，好几本杂志，又听了录音书。黎明，蒙头大睡的倪匡兄起身，和太太一起从窗口看日出，整个天空是红色的，还看到地球的曲线，真的漂亮。

一大早，查太太和她弟弟来接机，一路吸着清凉的空气，倪匡兄对澳大利亚印象大好。

道路两旁都是大树，南半球的灌木，倪匡兄没有看过，我一一道出树名，那是因为在维多利亚菜市场卖菜的一位太太送给我的书，得到的数据。

到了查府，倪匡兄惊叹："树那么多，那么大！"

习惯迟起的查先生也穿好衣服欢迎："我就是看到这些树，才买这间屋子的。"

花园中的树，还有一棵很古怪的，有如猴子抓头搔腮，我解释："那叫猴子迷惑（Monkey's Puzzle）。"

远处望去，样子有点像倪匡兄。

拐杖

查太太和她的弟弟安排一些行程，带我们到各地看看，像去酒庄试酒，到海边看企鹅，上山骑马，等等。

"都作罢。"倪匡兄说，"好友见面，坐在客厅谈天，已经高兴。"

所以什么地方都不用去了。那也不行呀，来到澳大利亚，一点印象也没有，我建议："不如去市中心逛逛，到菜市场买菜。"

"这还可以接受。"倪匡兄说，"但主要是来吃羊的。"

我们在查宅花园散步，看种满的各式各样玫瑰花。地方广阔，有一个园丁专门打理，正业是大学的副教授。在查府打工也是件乐事，那间专门为园丁而设的屋子，已比渣甸山的豪宅还要大。

虽说墨尔本当今是夏天，但早上还是冷的，生了壁中的火炉。查先生和倪匡兄聊天，他们对《隋唐演义》中的人物，和他们亲友家仆的名字都一一记得，如数家珍。

当今，查先生要找到像倪匡兄的好友，也真不容易。

我没有这个本事，回房冲一个凉，洗漱后准备去吃中饭。

到赌场的一个中国餐厅饮茶，点心水平和香港的一样高，食材新鲜，可补厨艺。那碟龙虾伊面很好吃，又叫了一条蒸鱼，澳大利亚人叫为 Barramudi，为金目鲈，和盲鳕是同科，非常新鲜。

吃饱了在赌场走一圈，倪匡兄说："怎么那么冷清？这里的人也不吵，没有印象中的赌场那么杂。"

"澳门新开的赌场，也没那么吵了。"我说。

一饱就想睡觉，倪匡兄回查家，梦也不做。我和查太弟弟到附近的购物中心，在酒店里买了两瓶有汽红酒。来了澳大利亚，有两样别人没有的，就是有汽红酒和水果及果仁芝士了。

又去找拐杖，倪匡兄走路不平衡，要靠它，但带上飞机有麻烦，都是到了当地买，归途交给空中小姐保管。

上次去越南买了一支，现在在澳大利亚买另一根，以后每到一地都购入，让他摆在墙边，希望至少有数十根。

往事

　　还早，没去打扰查先生查太太。倪匡兄和我躺在游泳池旁聊天，倪太回房去了。

　　"你会游泳？"我问。

　　"哼哼。"他说，"倪穗和倪震还小的时候，我叫他们一人抱紧我一脚，向海中的浮标游去。别人一看，大叫，要是把小孩子淹死了怎么办？我说孩子是我的，我紧张过你。"

　　"你真的让他们抓住你的脚游那么远？"我也感到惊奇。

　　倪匡兄正经地："不相信下次你遇到倪穗倪震，问他们好了。"

　　我记起他在夏威夷潜水打鱼的那个样子了，腹部几块肌肉，硬邦邦的，怎么现在变成了斩断了双脚的马龙·白兰度？

　　"是你先来香港的，还是亦舒？"我问。

　　"亦舒先来。"

　　"那时候她多少岁？"

　　"我二十二。"倪匡兄说，"她大概六七岁吧？"

"有没有一起住过？"

"住过，我刚来就寄居在父母家，记得我母亲第一件事就是带我去买一张帆布床。当年真简单，帆布床一打开就能在走廊大睡。"他回忆道。

"后来呢？"

"后来住了两个星期，找到工作，就搬到外边去了。亦舒在香港念小学、中学，然后再到英国去读书。但她在十五六岁时就写文章，一炮而红。"

"一开始就在《明报》？"

"不。一开始在《成报》写，我向她说：要写就给《明报》写，我还写了一封介绍信给查先生。"

倪匡兄记忆真好，还把那封信的内容一字不漏地念给我听，继续说："亦舒到了《明报》，遇见查先生，牙擦擦地问：'你们这里有冷气吗？'查先生懒洋洋反问：'《成报》有冷气吗？'"

听到这件往事，我哈哈哈地笑了出来。

感谢

一转眼已是第三天，要回香港了。

早上，查先生和查太太各要了两碗越南河粉，吃得饱饱，倪匡兄照吃他的鲑鱼，倪太照吃她的水果。

中午决定在酒店餐厅 Square One 吃，水箱中有游水的大头虾，不可放过。

"这次的最好。"倪匡兄再叫一碟。

查太同意，也追加，向查先生开玩笑："我们把池子里的虾都打包带回香港好不好？"

查先生掏出一大沓美金："没问题。这次越南全部我请客，下次去布达佩斯你请客。"

大家都笑说查先生的数口^①很精。

饭后到唐人街的堤岸走了一趟，我在商场中买了些沉香当手信。

---

① 数口：旧时广东粤剧行业谓价钱。

途中经过"丽和粉 Pho Le"，问大家还吃不吃得下，众人点头。

"这家更好。"查太太说，"真是一山比一山高。"

"最后结论，还是墨尔本的勇记最好，所以我写了一幅字给他们，说'天下河粉，勇记第一'。"

再到咖啡店去买法国面包和札肉，我又问："附近巴士达街还有一家和河粉 Phu Hua，如何？"

大家直摇头，说再吃会撑破肚皮。但到了机场候机楼，又有越南河粉供应，忍不住再来一碗。

查太屈指数之："越南河粉第一天两碗，第二天两碗，第三天四碗……"

倪匡兄也屈指："大头虾第一天一只，第二天两只，第三天四只……"

这次吃的住的都是查先生付的，真感谢他们。

幸福

查先生请客，众人欣然赴约。倪匡兄夫妇和我先到，走进餐厅遇见了莫文蔚，我一向很欣赏这位小妮子，互相打了招呼。在房间等其他人来到时，有位贵妇人探头进来，一看，是凌波姐。

数十年如一日，她还是《梁山伯与祝英台》那时候的样子，真会保养。

"我已经来了几个月了。"她说，"住在球会，空气好，租金便宜，每天打高尔夫。"

运动是有关系的，我问："金汉兄呢？"

"也来了。"

我即刻走出去和他叙旧，当年他和胡燕妮来日本拍《狂恋诗》的外景，由我当制片，请他们吃刺身，两人也不怕吃生东西，每样都照吃不虞，后来到了鲍鱼的肠，绿油油的，胡燕妮还是不怕，但金汉兄已不举筷了，说起这件往事，他也大笑。

同桌的刘亮华，和丈夫罗维来取雪景，拍摄《影子神鞭》时认识至今。

"邹先生夫妇等会儿就到。"她说。

"还请了些什么人？"我问。

"李丽华。"

我一听大为兴奋，这位长辈在中国电影历史上占了一席很重要的位子。

李姐来了，一看到我，即问道："你的黄色和尚袋呢？"

记性好得出奇，样子和身段都保养得好。这时才发现她的脸很小，这才是明星相，一大了拍出来，就阔了。查先生、倪匡兄和张敏仪知道了也都跑出来见李姐，几个人都变成了小影迷。

"我小的时候也到过您家里做客。"倪匡兄向李姐说。

"你这么说，是讲李姐比你大很多吗？"大家都骂他。

李姐笑嘻嘻："童言无忌。"

一生接触过不少影圈的伟大人物，有些还成为朋友，真幸福。

最有意思的一餐

查先生在剑桥学成，领取了 Master Of Philosophy①。张敏仪够朋友，跑去剑桥参加查先生的毕业典礼，我们一群，只有在香港遥祝。

返港后，罗汉请观音，在"鹿鸣春"摆了菜，有张敏仪、李天命夫妇、苏狄嘉、李纯恩和我，每人只要出五百块，就连倪匡夫妇一块儿招待，太便宜了。

一看到查先生和查太太，大家围上去，都说恭喜恭喜，查先生说要进一步拿更高学位，查太说这次可在香港进修，不必到寒冷的英国，大家都说好彩好彩。

把"鹿鸣春"最好的菜都叫齐了，鸡煲翅、北京填鸭、京爆羊肉、榨菜烧饼、炒大白菜、炸双冬等。

座位由苏狄嘉订，事前我打电话去，请餐厅做了酥炸元蹄，这一道把猪脚炖了，之后再酥炸的名菜，需一天前就要准备的。还点了

---

① Master Of Philosophy：哲学硕士。

12 个山东大包，每一个都有鞋子那么大。

菜上桌，有一道酒煮鸭肝特别精彩。本来胆固醇太多，查先生不应该多吃，但这次查太太笑着看，让他多夹几块。

倪匡兄的记忆力虽没查先生那么厉害，但也比桌上所有的人好出几十倍来，他如数家珍，把新版《天龙八部》修改和添加过的部分一一说出来，令查先生大乐。

吃到烤鸭时，我不小心把酱滴到袖口上。虽是二手衫，不必介意，但查太太说用苏打水，一定去得掉。张敏仪坐在我旁边，即叫了苏打水为我擦干净，冲得一尘不剩，大家笑她说是母性大发。她说一生之中，也没做过多少次，也使我老怀欢慰。

甜品有绿豆糕和莲子拔丝。香蕉或苹果拔丝，大家吃得多。用莲子，广东话叫"溜朗"，很刁钻的意思。

最后上山东大包，别看那么大，粉丝和木耳为馅，不会填肚，结果大家一人一只吃得精光，都说是今年最有意思的一餐。

躺着的头

中午，我本来要安排到一家什么小吃都有的餐厅，但人多地方杂，查太还是选了隔壁那家专卖 Bun 粉的 Bunta。

Bun 和越南粉又不同，是种米线，和濑粉一样粗，但没那么滑，通常是压成一团团扁扁地上桌，有汤的，也有干捞的。食材可以任选配搭。

也卖鸡饭，查先生要了一客，再加一碟烤牛肉。倪匡兄见餐牌上有大头虾，一连来两碟："膏还真多，肉还要坚韧，比昨晚上的好！"

查太太说："我早餐时也在酒店吃了两碗越南河粉。比昨天的 Pho24 和 Pho2000 都好。"

倪太和我没参加意见，查先生则对这家餐厅的水平不以为然，本来我安排晚上到作曲家郑公山的餐厅去，看样子得改变主意了。

"要不要试试法国菜呢？"我说。

查先生点头，就那么决定。

晚餐，在一家叫"La Caprice"的，开在一间大厦的顶楼，上次来拍特辑时借过他们的场地做菜。

查先生要了牛扒，和查太俩分吃，倪匡兄见有蜗牛，先来一客。

"你喜欢海鲜的，为什么不吃鱼？"我问。

"蜗牛也不是肉，我当鱼好了。"他说，"吃完再叫大头虾，它是河鲜，我也当是海鲜来吃。"

我要了羊鞍，侍者没问我多少成熟，我也忘记吩咐，碟中的肉，很老，很老。

法国菜一向讲究摆设，倪匡兄一直叽咕：会不会把头也切掉才说好看呢？

上桌一看，即刻唔的一声叫出来："头在哪里？"

查太太懒洋洋指出："竖着的不是虾头吗？"

"竖着的我怎么看得到？"倪匡兄不平，"这种摆设实在岂有此理，虾的头，就应该像虾身一样，躺着才对。"

突变

在墨尔本的第二天早上，我清晨起身散步，悄悄地打开大门，沿着四周都是大树的道路走出去。吸的那几口空气，不能说不新鲜，至少在香港是享受不到的。

到查府不会迷失方向，整个墨尔本最长之一的路叫 Toorak Street，走至尽头，看到一间叫 St. John 的教堂，右转，就看见了。

从前在墨尔本拍戏，住上一年，公寓也就在 Toorak 的一条横街，叫打令路（Darling Street），起初还以为街名很浪漫，后来才知道有一个将军姓打令，为纪念他取名的。

走去旧居看了一下，一切不变，墨尔本，再过十年来到，也不变吧。

回来，大家还没起身，我有点饿了，打开冰箱，取出昨夜在"刘家小厨"吃剩打包的葱爆鹿肉，加入滚水，煮成一个汤。

另外从储藏箱中拿了一包出前一丁，扔掉味精粉，炮制起面来。查府住过几次，厨房的一切都给我摸熟，要偷吃起东西来极为方便。

吃饱饱，横卧客厅沙发看香港新闻，无线的国际台 TVBi 真是给海外香港人带来不少幸福，它有个 24 小时的新闻台，还有娱乐台，我在巴黎的佐治五世酒店中，也看到自己主持的饮食节目。

倪匡兄起来了，查太弟弟也到家，就请他驾车送我们去维多利亚菜市场，探望那位卖菜又送书给我的太太。

"真干净！"倪匡兄感叹，"真伟大！"

走到海鲜档，他老人家更要停步，和我指指点点玻璃柜中的海鲜，许多大鱼都叫不出名字来，看到一大箱一大箱的生蚝，更想都搬回家。

电话响，是弟弟的声音，说母亲去世了。我呆了一阵，即打算去香港，第一班直飞新加坡的是下午五点，经时差，晚上九点多抵达。

也不作声，中午和查先生到"勇记"吃牛肉河粉时才宣布。吃完，赶到机场去，那只烤全羊，没福气享受了。

为《倪匡老香港日记》作序

施仁毅兄的丰林文化出版倪匡兄新书，嘱我作序。

我在南洋时，倪匡这个名字早已如雷贯耳，读过他用许多其他笔名写的文章，多数发表在《蓝皮书》这本杂志上。

后来去了日本留学，半工读，替邵氏当驻日本办公室经理，工作的大部分，是检查电影的"拷贝"。那时候香港并无彩色冲印，一切片子都要靠日本的"东洋现像所"。印好的菲林，我们行内的术语就叫"拷贝"，是 copy 的译音。一部片子最少要印几十个拷贝，版权卖到东南亚及北美，总量可达数百。

因为对工作负责及认真，每印好一个，我就得看一次，检查颜色有否走样，片上字幕对不对戏中人的口型，等等。这么一来，每部邵氏的电影都看得滚瓜烂熟，而且每部片的字幕"编剧"都是倪匡，没见过本人，当然对这个人充满好奇。

七十年代，邹文怀离开邵氏，独立组织嘉禾公司，我被邵逸夫调回香港，坐上直升机，代替了他当制片经理。

当年的邵氏片场简直是一个城区，里面什么都有，我被安排住进宿舍，二千呎①左右的面积，一厅二房，对我这个住惯东京小寓的人来说，算是相当豪华。

对面住的，就是岳华了。我同岳华早在他去日本拍《飞天女郎》那部片子时认识，他好学，在电影圈内他算是一个知识分子，我们谈得十分投机。

岳华第一个介绍我认识的是亦舒，也就是倪匡的亲妹妹了。当年她的文章已红遍香港，也在邵氏的官方杂志《南国电影》和《香港影画》两本刊物上写文章，是编辑朱旭华先生的爱将。

亦舒出道得早，充满青春气息，态度很有个性，留着发尾卷起的发型。她时常生气，留给我的印象，是《花生漫画》中的露西，对任何事都抱怨，一肚子不合时宜，但很奇怪地，对我特别好，可能是我也喜欢看书的关系吧。

"你来了香港，有什么事想做的吗？"她问。

正中下怀，我第一个要求就是："带我去见你哥哥倪匡。"

"包在我身上。"她拍拍胸口。

第一个星期天大家放假，她就驾着她那辆"莲花"牌的小跑车，我坐在她旁边，岳华自己开另一辆车，三人一齐到了香港海边的百德新街的一座公寓。

———————————
① 呎：同"尺"，1 尺 =0.33 米。

当年还没有填海，亦舒说倪匡兄一家要买艇仔粥宵夜时，可从三楼由阳台上吊下竹篮子向海上的艇家买，画面像丰子恺的漫画一样。

门打开，倪匡兄哈哈哈哈大笑四声，说："你还没来之前已听过很多关于你的事，没想到你人长得那么高，快进来，快进来。"

后面站着的是端庄的倪太，还有一对膝盖般高的儿女，姐姐倪穗，弟弟倪震，都长得玲珑可爱。

住所蛮大的，但已堆满了杂物，要逐样搬开才能走得进去。我最想看到的是倪匡兄书桌，不摆在书房里，而利用客厅，第一个印象是堆满杂物，其中最多的是收音机，放着吊着的，有七八个之多。

沏好龙井走出来，倪匡兄口边衔住了一根烟，他说："从刷牙洗面就要抽，一天四包。"

是的，在书桌旁边的墙上一角，已给烟熏黄。

烟多，收音机多，还有贝壳多。倪匡兄说："已经不够放了，我租了一个单位，就在楼上，用来放贝壳。"

坐在沙发上大家聊个不停，倪匡兄问了我的年龄和经历之后，向我说："改天有空印一个图章给你。"

"什么，你也会？我最爱篆刻了。"我说。

事后，他答应的事都做到，我收了他一颗，印文写着："少年子弟江湖老。"

"肚子饿了，先去买东西，吃饱了就买不下手。"他一说，两个小孩子欢呼，我们一群，浩浩荡荡地走进"大丸百货"的食物部去。

挤满了人，当年还设有音乐，客人一面跟着哼歌一面购买，倪匡兄看到什么买什么，像是不要钱似的，可乐一买就四箱，其他的，都堆满在我们五个大人的车里面，他说："赚了钱不花，是天下大傻瓜，你看多少人，死时还留那么多财产，花钱真是难事！"

从此学习，倪匡兄的海派出手，完全符合我的性格，第一次见到他，我得到宝贵的一课。

临离别时，我忍不住问亦舒："为什么倪匡要那么多个收音机？"

亦舒笑了："他不会转台。要听什么台，就开那一个收音机。"

洪金宝餐厅

我们来到新泽西，是一面看外景，一面把成龙下一部戏的剧本，准备到完善为止。

住的地方离开纽约约一小时车程。为什么不干脆住纽约呢？理由很简单，导演洪金宝在这里买了一间屋子。

而洪金宝为什么会选上这地方？因为他的老友邝康业住在附近，洪导演的女儿在道里上学，两个家庭，大家有个照应。

一行五人，两位编剧、副导、策划与我，本来租了酒店，但洪导演说方便大家聊至深夜，便搬进他的家。

三千呎左右的居处，前后花园。整间屋子最吸引人的，就是这个大厨房了。

餐桌在厨房的旁边。我们除了睡觉，一切活动完全围绕在厨房之中。

厨房一角是个大煤气炉，兼有焗炉和微波炉。所有餐具应有尽有，当然有各色的调味品，柴米油盐，更是不在话下。

公仔方便面每箱二十四包，一叠数箱。储藏室中，罐头食物数百罐。煲汤材料、清补凉、梅菜干、墨鱼干、南北杏、蜜枣、五香八角，数之不尽。

大冰箱被火腿、香肠、鸡蛋、牛奶、蔬菜塞满，冰格中有大块的急冻肉类，随时取出在微波炉解冻，即能煲出各种比阿二靓汤更靓的汤。

基本上，一天七餐是逃不了的。六点钟起床，先来咖啡茶面包。到九点正式早餐，有人吃奄姆烈①，有人下面，中西各凭爱好决定。中餐十二点，炒饭炒河粉，加各色菜肴。四点钟吃下午茶，饼干蛋糕、三文治和汉堡包。晚上七点正式晚餐，最为丰富，大鱼大肉。半夜十二点吃第一次夜宵，谈剧本谈至清晨三点，吃第二次夜宵。第二天六点，又是早餐，不断地恶性循环。中间有人疲倦了就去小睡，起来看见的，又是一碗热腾的靓汤等着你。

由第一天住洪金宝导演家开始，已经吃得不能再动。从此，我们每天喊着要吃清淡一点。

"好。"洪导演说，"今晚只吃水饺如何？"

大家举手同意。

但一到餐桌，发现除了那一百多个水饺，至少加了七八道菜：炖鸡汤、豆腐干炒芹菜辣椒、猪扒洋葱、炒西兰花、冬笋焖肉、蒸一条

---

① 奄姆烈：Omelette 的音译词，指煎蛋卷。

鱼、炒饭、蚝油菜心等，饭后的红豆沙冰激凌、酒酿丸子……

看外景的那数天中，回家之前必定到附近的超级市场或唐人街菜市进货，大小包几个人提着，分类之后把塑料空袋数一数，至少四五十个。

剧本一天天地完成。

食物也一天天地增加。众人技痒，加入烹调队伍，洪太高丽虹中西餐都拿手。工作人员之中，厨技幼稚的炒蛋煎香肠。客串厨师的高手们，偶尔表演，化腐朽为神奇，简单材料煮炒得像满汉全席。晚上将要扔掉的西兰花梗切片，浸在蒜茸指天椒和鱼露之中，第二天便完成一道惹味的泡菜。

一面吃饭，一面谈论香港的餐厅，哪间最好。"但是我在台北吃到更好的。"有人说。这一来，话题又扯得越来越广，全世界的食物都有一个故事。

在美国最浪费时间的是坐在车上，有什么比谈食物更容易打发？行车途中，必商量明天吃什么，下一餐吃什么。利用这段空间，把食谱设计，记录下来，看要买什么材料，一写就是数页纸，大家感叹："写剧本的速度和效率，有这么高，就发达了。"

厨房和整间屋子的清洁工作，全交洪太处理，她除了洗烫各人的衣服之外，还将碗洗得一干二净，又拖厨房地板，真想不到这位大美人那么贤淑。

洪太是位混血儿，但比许多中国人更中国人，喜读金庸小说，为丈夫当英语翻译兼秘书工作，对我们这群恶客的照顾更是无微不至。金宝兄不知是何时修来的福气，娶到这位娇妻，最大奇迹，是高小姐跟了洪金宝那么久，竟然没有和他一样肥胖。

洪导演是一位很孝顺父母的人，爱小孩，爱狗只马匹，厨艺并不逊演技和导演功夫。我们吃他的菜，吃得大喊救命时，他又来一道新的佳肴，我们忍不住又伸出筷子，听我们大赞之后，他的口头禅永远是："你们还没有吃过我妈煮的菜呢。"

我们自从在西班牙拍《快餐车》至今，已有十多年交情，当时在西班牙，也是他从头煮到尾。摸清他的个性，唯一应付他的方法，是带大量普洱，沏出浓如墨汁的茶，一天喝它数十杯，便不怕洪导演的食物攻击。

眼见其他人的脸都逐渐圆满，每人重出十公斤来，不禁窃笑。早叫他们喝茶，还是不听话去喝咖啡，加乳加糖，不增肥有鬼。

终于到了返港的前一个晚上，众人又要求吃得简单。"好，"洪导演说，"今晚只吃咖喱饭，如何？"大家举手同意，他又说："买四只大波士顿龙虾，切来灼咖喱汁，头尾和壳，用来熬豆腐芥菜汤……"

洪金宝餐厅，又开始营业了。

七老八老

我那辈子的电影圈中人，当红的不少，赚得满钵，但因不善理财，老后生活清寒，甚为孤独。

例外的是曾江和焦姣这一对，两人都懂得什么叫满足，虽非大富大贵，但过着幸福的日子。

曾江是我第一次来香港时认识的，我由新加坡飞到香港，买了冬天衣服后才乘船到日本，抵达启德机场时由他来接机。当年他和第一任妻子蓝娣正在拍拖，而蓝娣的姐姐张莱莱又是家父好友，就请她们照顾我一下。

曾江长得是怎么一个样子？大家可由他拍的染发膏广告，或粤语残片中看到。那广告没有合同，用了再用，一用几十年，他身边的两个女子已不合时，以特技换了几次，曾江还是曾江。

最近和他们夫妇一块旅行，时间多了，聊了不少往事，他右边耳朵已不灵光了，左边用了助听器，说如果遇到合不来的人，就干脆关掉，得一个清静。不过遇到我这个老朋友，什么都问，他也不得不回答。

是怎么和焦姣结婚的呢？焦姣人很斯文，也可以说是一位相当保守的女性，丈夫黄宗迅喜骑电单车，在一次车祸中死去，就一直守寡。曾江和蓝娣离婚后娶了专栏作家邓拱璧，她沉迷于粤剧，连他们女儿的名字也取为慕雪，就是仰慕白雪仙之意。两人爱好不同，终于离异，这时遇上焦姣，开始来往，曾江也爱骑电单车，载上她郊游，焦姣触景伤情想起亡夫，大哭一场，曾江怜香惜玉，从此答应照顾她一生。

蜜月在美国度过，租了辆车，从东岸驾到西岸，一面唱着罗大佑的《恋曲一九九〇》，结婚至今，已二十多年了。

"那你把余慕莲弄哭了，又是怎么一回事？"我问。

曾江笑道："剧本要求她亲近我，但她介意，我说怕什么，亲就亲吧！结果她哭了出来，不关我的事。"

"又为什么被叫为躁狂症呢？"

"戏拍多了，知道有些错误的主张会走冤枉路，我一向有什么说什么，指了出来，没想到年轻人自尊心那么厉害，说我爱骂人，我也没办法呀。"他说。

"经验是钱不能买的。"

"是呀。"曾江说，"你知道啦，演员除了演技，还要会找方位。这么一来，走到哪里，镜头就可以跟到哪里，才不会有 NG，周润发和我到好莱坞拍戏，把方位记得清清楚楚，导演一个镜头拍下，从不失败。那边的工作人员都惊奇得不得了，他们哪里知道我们都是已经拍过上百部戏的人。"

"你一早就加入好莱坞的演员工会是吗？"

"唔。"他说，"在《血仍未冷》已加入，他们那边把电影当成重要的工业，有坚强的制度来保障演员。"

"是怎么收费的？"

"看收入，最多可以抽你百分之三十。"

"哗。"

"扣了就不必缴政府的税了，也算便宜呀，今后的账清清楚楚，卖了什么政府的版权，就交多少钱给你，这一点那一点，积少成多，我到现在每个月还有几百美金的收入，保障一生，当成买糖吃，也不少呀。"

"每一个演员都能参加吗？"

"要看你在电影里的戏份，他们会来邀请你参加的。拍 007 那部戏，出入英美都是头等机票，入住五星酒店，要吃什么就吃什么，牛扒龙虾尽尝。到了《艺伎回忆录》，福利最好。"

焦姣那方面，最初在台湾加入电影演员训练班，后来演出多部舞台剧，来了香港参加邵氏，拍的《独臂刀》大家都有印象，她一直是位低调的演员，人缘很好，许多演员都得到她的照顾，至今还与他们联络，在海外的一来到香港一定找她。

"由少女演到母亲，是什么心态？"我问。

"为了片酬，什么戏都接，没有什么感想。"她说，"我和萧芳芳同年，在《广岛廿八》那部戏中已演她的妈妈，也没什么好说的，大家只是说我演得好，就够了。"

我和焦姣聊个不停，问当年我们共同认识的女明星近况，她都能如数家珍，是一位电影圈历史专家，有人要找资料，问她没错。

近年来，曾江还不停地工作，焦姣也偶尔演舞台剧，两人生活方式独立，曾江喜欢电单车的热忱不减，去年在台湾参加了环岛老骑士，驾了哈利，把台湾走了一圈。

偶尔，他们到九龙城街市买菜，我们相约在三楼的熟食档吃早餐，曾江还是大鱼大肉，焦姣就吃得清淡，饭后，他到木球会去打木球，她打打麻将，是位台湾牌高手，很少人能赢到她的钱。

两人有时也为了健康问题吵一吵，但最后曾江还是屈服，他偷偷地向我说："幸亏有她，的确是位好太太。"

二〇一三年，曾江快要过八十大寿，焦姣也有七十了。七老八老，在别的夫妻身上看得到，但他们两人，永远年轻。

曾江八十大寿记

不知不觉，香港人看了几十年的黑发膏广告中的曾江兄，以为永远不老，但也八十了。

今晚由他太太焦姣安排，在九龙塘业主会摆了一席，前来的都是一开口就是四五十年往事的好友，有我们最尊敬的王莱姐、远道而来的江青、在内地工作特地赶回来的郑佩佩、邵氏共事过的秦萍和张燕、在香港拍剧的岳华，另有位不速之客，在邻桌吃饭的徐小凤，也过来凑热闹。

我拿了筷子当麦克风，访问曾江八十了，有什么感想。

"不觉得，我不觉得自己是八十。"曾江说，"我不接受。"

精力充沛的他，在内地还有很多电视剧请他拍，但他还是念家，每次只肯去个五六天，就要回香港吃焦姣为他做的饭。最近，内地有个买了韩国版权的电视旅游节目，叫《花样爷爷》的，还请了曾江、秦汉、雷恪生，和演《三毛流浪记》的童星牛犇一齐到法国和瑞士去，叫了当红的刘烨服侍他们三位老人家，给他们呼呼喝喝，好不威风。

八十岁的曾江，还能迷倒不少女性，她们都羡慕得不得了，向焦姣说："你真好彩，有这么一个好丈夫。"

"你们嫁他试试看！"焦姣放箭。

的确，曾江并不容易相处，这是因为他年轻时在国外念书，一副鬼仔个性，想到什么说什么，听到不愉快事就要开口攻击，好在目前的听觉已逐渐退化，想听的话才听，不想听的一律扮聋。

和王莱姐的缘分来自曾江的第一部电影，叫《同林鸟》，是一部东方的罗密欧和朱丽叶，曾江拍完了戏就去美国读工程设计了。

在邵氏年代，王莱姐和我最谈得来，我这个小伙子最喜欢听她说故事，讲故人。在我的印象中，她是一位永远贤淑、高贵的妇女，后来移民国外，近年才回来香港，起居有印度尼西亚家政助理照顾，生活得颇悠闲，住香港就有这么一个好处：可以请到工人，这是在国外得不到的福利。

江青和郑佩佩两人的感情最好，但个性完全不一样。我佩服江青，是她嫁人生子后，婚姻并不圆满，她可以毅然放下一切，一分钱也没有，就到国外去追求她的舞蹈生涯，编导过无数得奖的舞蹈作品，颇受外国演艺圈的重视，也接受了得过诺贝尔奖的瑞典籍先生的追求，遂定居该地，在纽约和斯德哥尔摩两地来往。

江青的先生过世时，好友郑佩佩特地飞了过去，为往生者诵经，佩佩近年得佛教熏陶，除了致力培养儿女的艺术事业之外，也为佛教做了不少功德。

演艺圈都记得郑佩佩的女侠形象，先是李安请她在《卧虎藏龙》中复出，跟着有无数的电视片集都请她，年轻的武术指导要求佩佩吊威亚飞来飞去，说："佩佩姐，你行的！"

佩佩也忘记了自己年过六旬，点点头就上去了，结果钢丝断掉，令她摔断脚骨，挟着拐杖半年才恢复，说起这件事，我们这些老友都为她心痛，她自己却若无其事，笑盈盈地继续去拍她的武打戏。

答应过佩佩为她写《心经》，我最近对草书的兴趣大作，每天勤练，记得书法老师冯康侯先生说过，草书最难写得好，大家以为那么潦草，写起来一定很快，其实最慢，要注意着墨，每写数字，必得意在笔先，心里有数，知道什么地方写到墨枯了。

我会记住，等到书法更熟练时才用草书为佩佩写一篇。

江青当今到处旅行，和好友去纽澳狂欢，也在翡冷翠住上几个月，我们谈起广场中那档卖牛杂的，大家口水都流出来。和江青，可以聊上几天几夜都不疲倦。艺术生涯中，她结识了数不完的杰出人物，这都在她的《影坛拾片》和《故人故事》二书中出现，很值得一读，书店里难以找到，可以在网上订购。

岳华还是大醉侠一名，早年移民加拿大，最心疼的女儿嘟宝已经嫁人，定居于美国迈阿密，每天还是要通一两个电话，太太恬妮今晚去做义工，没来。她也信奉佛教，非常热心。

近来岳华回流，在 TVB 拍不少片集，前几年身体还是胖的，最近注重健康，消瘦了许多，人也年轻起来，拍的广告大头在过海时常见，是卖假发的。

秦萍和张燕，当年还是邵氏新星，加上邢慧三人，一起被派到东宝歌舞团到日本留学，我是邵氏日本公司代表，公司要我照顾，但也没做到。秦萍的儿子过几天就要娶媳妇，张燕也是富家少奶奶，只有邢慧命最苦，在美国神经错乱，因为杀母，坐了几年牢后放出，终客死异乡。

徐小凤的样子一点也没变，正与工作人员开会，准备在内地开演唱会，问是用普通话唱还是粤语唱，她说一半一半吧。

当晚大家聊得高兴，酒也喝了不少，我又拿起筷子扮记者，访问曾江和焦姣："你们结婚多少年了？"

"十几年。"曾江回答。

"哪止？二十几年了。"焦姣说。

曾江笑道："说十几，才显得你更年轻嘛。"

对的，真好彩，有这么一个好丈夫。

金庸先生旧事

并不是每个人对味觉都感到好奇，说他们不会吃，是不公平的，他们只是对吃惯了的食物不想更变而已。

近年来我也有越吃越简单的趋向，容易对新味觉失去兴趣，不想试了。举个例子，吃过了多家新派韩国料理，只觉得首尔的新罗酒店（Shilla Hotel）顶楼那家较为突出，其他的均感失望。听到有新开的，也不想去了。

例外的还有在 M+ 博物馆中的韩国菜，味道不错，但只有一道野生鲍鱼炮制得软熟，其他菜一点印象也留不下。

除非有信得过的友人推荐，不然我还是更爱吃传统韩菜。

金庸先生也是一位只喜欢习惯味道的人，以江浙菜为主，偶尔吃点牛扒，或来一两件手握寿司，其他的不碰。

一起旅行时，他知道我爱尝新东西，拼命迁就我，看到什么黎巴嫩羊肉刺身，或者吸印度的咖喱羊骨髓，只是皱皱眉头。当今想起，真是难为了他。

配额

　　好久未喝酒了，一下肚就有点昏昏的感觉，是不是有如倪匡兄所说"酒的配额已喝完了"呢？

　　他老兄对酒总是千杯不醉。按他说，酒是天下最奇妙的饮料，耶稣创下的第一个奇迹，就是把水一变，变成了酒。

　　后来，一天，有人见到他忽然不喝了，又问，他回答说："是耶稣叫我别喝的。"

　　但是，同一个人又看他再次豪饮时，问同个问题，他又回答："坏酒的配额的的确确是用完，但好酒的，现在开始。"

　　总之你是说不过他的，他是外星人。

　　至于我自己的配额有没用完不知道，只觉喝得没以前那么痛快，既然如此，便少饮。事情就是那么简单。

　　但今天怎么醉了？是因为傅小姐拿来的酒，我一向对红酒的兴趣不大，嫌它酸。傅小姐的酒一点酸味也没有，又香又醇，真是那么厉害，喝了只会笑个不停。

喝来自波尔多的 Cheval Blance，而勃艮第则是她和我的最爱 A. Rousseau Chambertin，绝对没有配额问题。

当然，那几杯红酒不至于令我到不省人事。晚上到了，在好友张文光家吃饭，他拿出一瓶 18 年的"山崎"单麦芽酒，一入喉，醇厚无比，又即刻大饮。

现在威士忌在国人中大行其道，我早就预言，对外国烈酒的接受，一定先从白兰地开始，它的市场战略非常厉害，又甜甜的容易喝进口，掺什么其他饮料都行，必定先受欢迎。

再喝下去，觉得糖分太高，有点腻了，才进入喝威士忌的阶段。其实天下饮者到最后的共同点，都喝此酒。

威士忌的老祖宗是苏格兰，我们要回到它的怀抱，还有一点距离。之间忽然大家都大赞日本单麦芽威士忌，抢着去喝。

日本人做事一板一眼，向最好的去学，那就是泡在雪梨木桶里的原味，它最正宗。我们现在喝的有多种其他的木桶味，甚至于泥煤味，都说那才是好的，嫌雪梨桶不好喝，真是莫名其妙。是的，还有一段距离，才能真正欣赏。

对联

发表了一句"啸傲乾坤酒一壶"，想不到引起那么多读者的反应。

多数是胡来，说什么"高吭日月井千蛙""快斩阴阳袭千仞""笛声响起震武林""风韵犹存胜两手"等，平仄不分，又不押韵，笑坏我了。

接近一点的有"喝悔天地山中湖""纵横天地独行客""轻吟日月拈花笑""倾笑风雪饮千杯""笑尽天下江湖事"等。

我也技痒，对了"狂歌天下曲千阙"。然后写上：给爱唱卡拉 OK 友人题，一定能够卖出。若售，就再写"送给抓住咪不放的人"。为稻粱谋，也不得不写。

唉，还是选自己喜欢的句子，较为通顺，"谁知梦里乾坤大，只道其中日月长"来献给老友倪匡兄。

另外出题，"一生大笑能几回""斗酒相逢须醉倒"，看谁写得好，有奖。

岁久情愈真

沈云

说起沈云，本名为沈灿云，江苏南通人，杭州艺专毕业，一九四八年来港，演过几部戏，作品有《菊子姑娘》《曼波女郎》《提防小手》《天地有情》《青春儿女》等，是金峰的太太。

金峰是广东潮州人，重庆大学肄业，本为舞台演员，与沈云演舞台剧结识后结婚。一九四九年一度从商，一九五二年开始拍电影，主演不少歌唱片，红极一时。与多位女明星合演，像钟情等，但从未搞出绯闻，是位好好先生。

一九七一年，本为邵氏基本演员的他，借给了韩国的申相玉，在他导演的《哑巴与新娘》中，得到第九届金马奖优秀演技特别奖。

本名方锐的他，是电影化妆界一代宗师方圆的儿子。方圆是典型的艺术家，蓄胡，全白，每日修剪，是一名美髯公。在《船》片中一开始粉墨登场，印象犹新。

二十世纪七十年代，金峰和我合作过《齐人乐》《遗产五亿元》等片子，我们以潮州话对答，相谈甚欢，至今还一直怀念。

说回沈云，她是位贤妻良母，供养儿子到波士顿念书。一次造访，下飞机后，他儿子准备了被单和野餐用具，沈云问说去哪里。儿子不答。

一路，来到一个广阔的公园，找到一角，铺了被，让母亲仰卧看云，边旁，有一交响乐团做露天表演。

这种情景，香港何处觅？沈云深深地感动了，决定举家移民。

到了当地，无所事事，沈云发挥出女人的天生本领，开了一家中国餐厅，从小变大，成为当地名人聚集的场所。

后来年事渐高，把餐厅卖掉，弄孙去也。

沈云的女儿是空中小姐，与邵仁枚先生的小儿子邵维锋相恋。维锋长得高大英俊，为一大好青年。父母反对，但维锋始终此情不变，也没违抗家命，不结婚而已。

当今思念这些友人，金峰和沈云，外国生活如何，你们好吗？但愿无事常相见。

丁茜

星海之中，不是颗颗闪亮，其中一位叫丁茜，少人记得。

一九四四年出生，香港人，年轻时已很有理想，演话剧多出，为垦荒剧团的台柱。用"垦荒"这个名字，确实是这个意思，话剧界当年在香港是不受重视的。

后来，她走入南国实验剧团，邵氏的演员训练班，由顾文宗先生主掌，造就不少红明星，像郑佩佩和岳华等人。

本名周坚子的她，一九六四年毕业后签约邵氏，当基本演员，她的面貌和演技皆突出，只是个性孤僻，一直没有担正。

参加作品有《欢乐青春》《金石情》《钓金龟》，台湾片名为《我爱金龟婿》《女校春色》《女子公寓》《亡命徒》等。

《女校春色》全片在东京拍摄，由邵氏请来的日本导演井上梅次执导，电影是根据他的旧作改编的。

其他导演，要是有重拍的机会，一定把之前犯的过失修正，或加入新的元素、角度和剧情，至少在人物的描写上多下一点功夫，但不是井上梅次，他要求的只是片酬和速度，原封不动。

原片丁茜看过，对井上梅次甚为不满，虽然导演诸多爱护，但她不领情，有次还当面破口大骂导演，我见了颇为欣赏。

基本演员，入息有限，当年外景时公司提供外景零用和免费餐饮，丁茜一一省下，到了吃饭时间就拼命大吃大喝。

扮演校长的是资深导演沈云，一直劝丁茜别吃那么多，会吃出毛病来。丁茜不听，结果真的病倒送医院。当今提起虽是小事，那时候真的弄得工作人员手忙脚乱。

丁茜的茜，念成"倩"，是 qian 第四声，但一般广东人多叫西，既然是西，她与一位同期的学生拍拖，把他的名字改为丁东，据称后来两人也结了婚。

丁茜，若在街上遇到时，记得向我打一声招呼呀。

牟敦沛

牟敦沛属于二十世纪七十年代的前卫人氏，一来邵氏，就住在我们那栋宿舍里面。我们经常喝酒作乐，聊聊各地的旅行经验。

一九六九年，他在台湾导演了较有智慧的电影《不敢跟你讲》和《跑道终点》，大受好评，但不卖座，就流浪去也，到过非洲和欧洲。

当年的邵氏，像好莱坞一样，求才若渴，也肯大胆用新人，由张彻提议，从台湾输入了邱刚健写剧本，后来也将牟敦沛罗致，让他拍了《奸魔》《剪刀石头布》《捞过界》《连城诀》《碟仙》等片子。其中在一九八〇年拍的《打蛇》，更被誉为另类文化的 Cult Movie，推崇至今。

牟导演长得高瘦，满面胡须，戴个无框边的眼镜，一副艺术家相，是模仿当年的嬉皮士作风。本人也行相一致，去到内地，买内地第一架哈利戴维逊到处飞驰，吸引不少女子。

其女友都是港台大明星，有一次跟相恋多年的演员女友分手，还开了一个大型记者招待会，轰动一时。当年的影坛男女离别，皆以低调处理，只有他别开生面，比起后来的艺人离婚记者招待会，早了数十年。

离开邵氏，牟敦沛转到内地发展，拍了一部叫《黑太阳 731》，剧情血腥暴力。为了求真实感，跑到东北零下数十摄氏度的地方去拍外景，连捱几个月，不是没有苦功。

这部讲日本人用战俘做人体实验的电影，得到空前的卖座，再接再厉，拍了一部续集式的片子，就没那么好运气了。

据称，牟敦沛还一直没有放弃他当导演的梦想，不断地提交新计划，但不了了之。

牟导演，别来无恙?

何藩

有些老友，忽然间想起，特别思念过往相处的一段时光。何藩，你好吗？

让我洗刷记忆吧，何藩是在二十世纪五十年代至七十年代，在国际摄影中连续得奖二百六十七次的人，曾被选为博学会士及世界十杰多回，曾著有《街头摄影丛谈》及《现代摄影欣赏》诸书。

当年，阳光射成线条的香港石板街、菜市、食肆，皆为他的题材。虽然以后的摄影家们笑称，这类图片皆为"泥中木舟"的样板，但当年不少游客，都被何藩的黑白照吸引而来，旅游局应发一个奖给他。

硬照摄影师总有一个当电影导演的梦，何藩不例外，一九七〇年拍摄实验电影《离》，获英国宾巴利国际影展最佳电影。

之前，已加入影坛，当时最大的电影公司有邵氏和电懋，他进了前者，在《燕子盗》一片当场记，影棚的人看他长得干净斯文，做演员好过，就叫他扮饰妖怪都想吃的唐僧，最为适宜，一共拍了《西游记》《铁扇公主》和《盘丝洞》数片。

还是想当导演，继一九七二年首部作品《血爱》之后，以执导唯美派电影及文艺片见称。

何藩每次见人，脸上都充满阳光式的微笑，和他一块谈题材，表情即刻严肃，皱起八字眉，用手比划，像是一幅幅的构图和画面已在他心中出现，非常好玩。

也从来没见过脾气那么好的导演，他从不发火，温温顺顺，公司给什么拍什么，一到了现场，他就活了。

有多少钱制作他都能接受，他以外国人说的"鞋带一般的预算"，在一九七五年拍了一部叫《长发姑娘》的戏，赚个满钵。

所用的主角丹娜，是一位面貌平庸的女子，但何藩在造型上有他的一套，叫丹娜把皮肤晒为黝黑，加一个爆炸型发式，与清汤挂面的长发印象完全相反，实在迷倒不少年轻影迷。

何藩已移民外国，听说子孙成群，不知近况如何，甚思念。

给亦舒的信

亦舒：

　　查先生离去不久，又有一个好朋友走了。本来，我会将一些好玩的事写在一个叫《一趣也》的专栏，但人已逝，怎么"趣"呢？我一向是一个只把人生美好告诉读者的写作人，和你又无所不谈，所以还是把这些带有点悲哀的往事写信给你吧。

　　记得以前我们都住在邵氏宿舍时，到了深夜还在喝酒，我曾经把我留学日本时认识的一个叫久美子的女人的事讲给你听过。这位久美子，也在最近去世，她比我大八岁，屈指一算，也有八十六岁了。

　　消息是新加坡友人黄森传来的，他们都住巴黎，一向有联络。最后一次见久美子，也是黄森带我去的，是去年的事。当他说起久美子已被她女儿送进老人院，我感到无际的伤痛和愤怒。老母亲，说什么也应该住在家里的，一讲到老人院，我脑子即刻出现电影中的兽笼和虐待。

　　就那么巧，我因公事到了意大利，也就去巴黎打一个转。老人院就在巴黎郊外，我们包了一辆车子，带着花店最大的一束花。

原来法国的老人院没那么恐怖，有点像教堂后面修道女的宿舍。依着房号找到了她。啊，久美子整个人是白色的，脸苍白，头发白，只有那两颗大眼睛还是乌黑明亮，瞪着我，一脸疑惑，她已是老年痴呆，认不出是我，但是不停地望着，带着微笑，一直问自己，这个男人是谁？

倪匡兄说过，即使会紧握着对方的手，也不表示认得出是你，那是自然的反应，像婴儿，你伸出手，便会紧紧地握着。

到了探望期限，不得不放开她。

原来久美子的女儿知道妈妈已不能一个人生活，又没有办法放下自己的工作照顾，才出此下策的，我也只能说我理解，但心中还是对他们有点怨恨。

在留学期间，我半工半读，一面念电影，一面为邵氏公司买日本片的版权在东南亚放映，当年几间大日本电影公司都在银座，我们的办事处也设在不远的东京车站八重洲口，步行还可以到达的有一个叫京桥的车站，再过几步路，就是"东京近代美术馆"，三楼有个电影院，日本和法国的文化交流节目中，互相将自己的一百部经典轮流上映，法国片放完后就是日本名作，那是我们电影爱好者不能失去的机会。

我买了整个节目的门票，学校也不去了，差不多每一天都流连在美术馆中，时常遇到的，是一个长发女郎，中间分界，天气冷时常穿着一件绿色的大衣，身材很高，腿也不粗。

也不知道哪里来的勇气，我终于主动开口，接着的事很自然地发生在年轻男女身上，饮茶，吃饭，喝酒，身体接触。

当我听到她比我大八岁时，我也不是太过惊讶，当年和我年纪相若的女子我都会觉得她们思想幼稚，我不记得自己喜欢过比我年轻的女孩子。

久美子出现在美术馆看戏，和她的工作有关，当年她在一家叫UniFrance 的公司做事，是发行及推广法国电影的组织，办公室也在银座，我时常去玩，从他们的八楼，可以望到隔壁的圆形建筑，叫"日剧剧场"，专门表演脱衣舞，满足乡下来的日本人和外国游客的好奇心，我时常开玩笑地说如果有个窗子能望到舞娘们化妆室就好了。

在她的公司的人，后来谈起来，都是有关联的人，有一个叫柴田骏的，后来娶了东和公司老板川喜多的女儿，我们一伙经常喝酒聊天至深夜。

来她公司玩的还有一位韩国纪录片导演 Chris Marker，为法国新浪潮电影中一个主要的人物，作品《堤》(La Jetèe，1962）影响了众多电影人，连美国科幻电影《十二只猴子》(12 Monkeys，1995）也从此片得到灵感，大量地借用了片中许多元素。

Chris Marker 一见到久美子，惊为天人，非为她拍一部纪录片不可，结果就是《神秘的久美子》(Le Mystère Koumiko，1965），各位有兴趣，也许能在网站上找到。

一天，久美子忽然向我说要到她一生向往的法国去了，我当然祝福她，并支持她。我送她到横滨码头，她上了船到西伯利亚，乘火车到莫斯科，再飞巴黎。记得当年送船，还抛出银带，一圈圈地结成一张网，互相道别。

这么一走就像一世纪，她在巴黎遇到一个越南和法国的混血男人，结了婚，生了一对孪生的女儿，后来丈夫离她而去，剩下她一个人把那两个女儿抚养长大，靠着那微薄的出版诗集稿酬，住在 St. Germain 区，对着坟场，写她的诗，不断地写。

诗中经常怀念着哈尔滨，她的出生地，后来也回去过，写了一本关于哈尔滨的书，她似乎对这个寒冷的地方有很深厚的感情。今年秋，当友人们说要去查干湖，会经过哈尔滨，我即刻跟着去了，半路摔断了腿，我撑着拐杖，去哈尔滨的地标，俄罗斯教堂的前面，拍了一张照片，我希望下次再去巴黎看她时，让久美子看一看这张照片，唤起她的记忆，也许到时久美子会认得出是我。

迟了，一切都迟了。

再谈

蔡澜

师太

亦舒用衣莎贝的笔名，在《明报周刊》这一写，也写了三十多年了吧。当然，她的小说更早了。

最初见到她时，是一个愤世嫉俗的少女，有点像《花生漫画》中的露西，一生起气来随时让你享受老拳那种人物，是非常非常可爱的。

我们两人认识半个世纪以上，但老死不相往来（其实她对任何人都一样，包括她的哥哥），她的消息，我也只借这本周刊得知一二，这是我唯一知她近况的渠道。

当今，她在内地拥有无数的读者，恭敬她的人，称她为师太，的确，在写爱情小说，她足够资格当师太级的人物，虽然这个名称令人想起金庸先生的灭绝师太，有点可怕。

在最近这篇散文中，她提稿酬事，我相信也有很多读者想知道的，亦舒说听到小朋友提议："书是我写的，读者因我名买书，为何只分到十个巴仙^①的版权费？"

她跟着解释：书本印出来，需先排字、纸张、印刷、装订，这些，都不便宜，出版社还要设计封面、校对、付宣传费，等等。她忘提的是，那广大的发行网，作者要是自己拿到书店卖的话，车马费都不够。

喜欢看书的人，尤其是思春期中的少女，都梦想自己开一家书店，种满了花，有咖啡，有茶，招待客人，只卖自己喜欢的书。

更高的理想，就是成为一名作者了，口讲不出，内心里也偷偷幻想。男读者的话，当金庸、倪匡；女作家呀，当然是亦舒了，自以为写的是严肃文学，就要当杨绛，还要嫁给一个名气更响的丈夫。

大家都当作家，大家都想书一出版，就是好几百万本，向罗琳看齐。

砰的一声气球破了，回到现实，连自己印刷的几百本也卖不出去。奇迹不是没有的，但少之又少，当今的网络作家，就是奇迹。

那到底要卖多少本才是畅销作家呢？市场那么大，几百万本不行，几十万总卖得出去吧？别做梦了，市场是大的，读者是多的，就是不买书罢了，大家上网看去，实体书能够印得上十万册，万岁万万岁！

亦舒的小说在内地，销路和香港一样稳定，每天勤力地写，出版社照样出书，在《明报周刊》，数十年不断地刊登她的长篇小说。

---

① 巴仙：Pourcentage，百分比。

几个月便能结集出版一本书，根据出版的资料，亦舒在"天地图书"一共出版了三百一十本书，小说有二百六十一本，其中长篇小说占大部分，短篇及中篇小说共七十九本，散文集四十四本，散文精选集五本。

最新作品叫《森莎拉》《珍珑》《这是战争》《去年今日此门》。《写作这回事》这本散文集让读者了解她写作的心得和经验，是一本非常难得的书，如果对写作有兴趣，又想当作家的话，一定要买本看。

负责编辑的是吴惠芬，当刘文良先生在世时我常去他的办公室，外面坐的就是这位小姑娘，当今她已是天地图书的要员之一了，编辑亦舒的书，少不了她，贡献巨大。

除了《写作这回事》，吴惠芬还编辑了几本谈及亦舒逸事的书。《无暇失恋》谈爱情与两性关系，《红到几时》谈工作和事业。《我哥》围绕倪匡兄的趣事，以及《红楼梦里人》专写亦舒阅读《红楼梦》的心得和见解，研究红学的人非珍藏不可。还有一本新的未出版，讲亦舒的喜好，另一本有关她的人生经历的，会继续推出。

在二〇一七年，电视剧《我的前半生》改编自亦舒的经典作品，再次成为众人的热议，接下来可以改编的还有很多很多，像一个挖不完的宝藏。

亦舒小说从不过时，三百多本中没有一册是重复的，连她哥哥也惊叹道："我的科幻天马行空，什么题材都可以写，有取之不尽的泉源。我妹妹的，写来写去，不过是 A 君爱 B 君，B 君又去爱 C 君去，那么简单的关系，一写就可以写成三百多本书，叫我写，我写不出！"

日前因为写这篇稿需要一些数据，和吴惠芬联络，她问及当年在《东方日报》的专栏版《龙门阵》中，有一个叫《一题两写》的专栏，由亦舒和我每日在左右写一篇同题材的，而出题由谁负责？

这是多年前的事了，是谁出题我自己也忘了，依稀记得是当时的老总兼编辑提的，其中有一篇吴惠芬印象极深，是《何妈妈》，亦舒和我都住过邵氏公司的宿舍，也得过何莉莉的妈妈照顾，我们两人各自发表对她的观点，令读者留下深刻印象，可惜内容已找不回了，要结集出书，是不可能的了。

时常想念这位老友，今天东凑西凑，写成这篇东西，当成问候。

亦舒的娘家

和亦舒相交数十年，她老死不相往来，非但我，连她哥哥倪匡也从不联络。

但很少人知道的，是亦舒在香港还有一个娘家。

亦舒的书几乎全由天地出版，连她早期在环球和博益的，像《女记者手记》《银女》等，也全由天地重新再版，最齐全。

"天地图书"由李怡创办，后来被陈松龄和刘文良接手，从一九七九年开始出亦舒的书，至今已有三十多年。时光飞逝，到二〇一六年，天地已四十周年了，而亦舒小说的第 100 本《满院落花帘不卷》于一九八九年出版，第 200 本《如果墙会说话》于一九九九年出版，第 300 本《衷心笑》在二〇一六年出版，是件可喜可贺的事。

三百本书，多不容易呀，其他作者有哪一个像她那样多产？说起来容易，要做到难如登天，这完全是因为亦舒写作有异常的规律，每天早上写几个小时，中午吃饭停下，下午又继续，那么多年，从不间断，也从不脱稿，周刊杂志也不必催稿，她一交来就是一大卷，怎么用也用不完。

三百本书之中，也不完全是小说，杂文辑成的也有，但占一小部分，这次天地隆重其事，《衷心笑》还出版硬皮书，喜欢亦舒的人，快点去买一本来珍藏。

虽不来往，但他哥哥倪匡一说起她，也不得不佩服："爱情小说来来去去，不过是男追女，或女追男，另一个男的或女的，出现了，就是一篇。我写科幻还可以异想天开，她就是几个男男女女，一写几百本，我服了。"

怎么开始的呢？当年的李怡英俊潇洒，有"东方的保罗·纽曼"之称，十四五岁的亦舒，最爱流连在李怡的出版社"伴侣"，李怡引导她看《红楼梦》，她一看数十次，背得滚瓜烂熟，有个人要问"雀舌"这种茶出现在书中哪里，亦舒即刻回答第几回第几章第几行，也曾经有人请亦舒写《续红楼梦》，给她一口回拒："这种书，已没有人会写了！"

家父也爱读《红楼梦》，记得他每一次来港，一定给亦舒拉去，一老一小，两人大谈红楼，不亦乐乎。

另一辑李怡介绍给她看的书，是《鲁迅全集》。《红楼梦》给她看，看得写出三百本爱情小说。

亦舒骂起人来，从不留情，香港文坛很多人都给她骂过，只有四个幸免，那就是金庸先生、李怡、她哥哥和我。

亦舒败在过金庸手下，那是她向查先生要求加稿费时，查先生写了六七张稿纸的信给她，解释出版工作的困难，为什么不能加。如果这封信她还留下，那可以拿去拍卖，相信要加的稿费也能取回。

另一封珍贵的信，是我写的。事关查先生生病要开刀，在远方的她非常关心，我把查先生如何与病魔搏斗的经过写成短篇武侠小说，寄了给她，也有数十张稿纸，不过如果拍卖，就没那么值钱了。

那么多年来，亦舒在她的散文中也偶尔提到我，这次由她的编辑阿劳影印了一叠交给我，虽然没骂过我，但还是结怨甚深，她说记得小时候到小蔡房间去，看见他买的新电动刮胡刀，觉得有趣。阴险的他立刻将须后水、热毛巾递过来，意思是说：你剃呀，有种就剃给我看，年轻的我下不了台，气盛，满不在乎用那只须刨在上唇磨来磨去，做剃须状，刮得辣辣作痛，把汗毛扯得光光……

但此后汗毛再长出来，非常粗浓，不是没有后悔的，真的什么都要付出代价。今年对镜化妆，看到面毛，又想起小时的放肆。

这个题目，在她的杂文中不止一次，后来去拍照片时负责化妆的刘天兰细细观察后也说：嘴角略见汗毛，要漂染才妥……

我常写餐厅批评，读者们都怀疑我会不会煮，就算近来在网上，也被人家问同一个问题，这点我自己不再解释，由亦舒的杂文中可以证明。

在《大吃大喝》一文中，她说："一次，小老蔡在家请客，做了大概二十个菜，饭后由利智、刘天兰、顾美华和我四个人蹲在厨房洗碗，亦洗了一个多小时……"

　　另一篇《风流》，她说："在电视上看到蔡澜在黄永玉家表演烹调技术，他穿长袖白恤衫，腕戴积家手表，正在做萝卜排骨汤；他煮的菜我吃过不少，自问并非美食家，可是也欣赏得到菜式中的款款情意……"

　　说回天地图书和亦舒的关系，她说："家里但凡少了什么，都向娘家要。"

　　雨前龙井喝光，稿纸用罄，想着那些书报摊说的急用药物，都致电娘家，叫他们火急航空寄上，亲友过境，亦由娘家代为招呼，请茶请饭，出车出人，面子十足，其实已无娘家，所谓娘家，只是出版社……

　　亦舒移民加拿大后，金庸先生与我只见过她一次，从此她不露脸，当今，要问什么，也只有问她娘家了。

阿红欢宴

大美人钟楚红约吃饭，半岛的瑞士餐厅 Chesa，或者鹿鸣春，要我选。

Chesa 好久没去，想起那块煎得焦香的芝士，垂涎欲滴，但是如果说到吃得满足，没有一家餐厅好过鹿鸣春，从第一次来香港光顾到现在，已有五十多年了，记得是胡金铨问我的："山东大包你有没有吃过，鞋子那么大！"

说完用双手比画，我才不信，试过之后，服了，服了，不只是大，是大了还整个吃得完，又想吃第二个那么过瘾。于是决定了鹿鸣春。

约了七点的，怎么快到八点还不见人，知道出了问题，即刻打电话问，原来是去早了一天，我说："是我自己的错，年老步伐慢不下来，反而越来越迅速。每天过得高兴，日子也忘怀之故。'快活'一词，就是那么得来的，哈哈哈哈。"

第二天，阿红和她的妹妹到了，妹妹嫁到新加坡，一年回来看阿红几次。跟我的旅行团出游时，她的一个女儿整天看书，我爱得不得了。当今她已在波士顿大学毕了业，艺术科，但样样精通，求职时一面试，即刻被录用，看照片，当今已亭亭玉立，任职波士顿博物馆高层。

来的还有阿红的闺蜜，留学国外，时髦得要命，喜收藏名画和古董，但最爱的，是白米饭，给自己一个"饭桶"的称号。她的丈夫为了她，在五常买了一大块没被污染的土地，种非转基因大米，我吃过，不逊日本米。有剩余的，也让阿红在我的网店卖，叫"阿红大米"。

另一位是杨宝春，"溥仪"眼镜的女老板，已有孙儿多名，但人长得和明星一样，身材苗条，外表端庄。

被这四位大美人包围住，我乐不可支，她们有一个共同点，就是全部都是大食姑婆，见什么吃什么，我最爱遇到的品种。

菜由我点，我吃了那么多年，当然知道精华所在：炸二松，是干贝丝、雪里蕻丝、加核桃、芝麻、冬笋，是杀酒的最高选择。饭桶带了日本足球健将中田英寿和十四代合作的清酒，一下子被我们干了。

接着是爆管廷，那是把猪喉管切得像蜈蚣一样，和大蒜及芫荽炒了，上桌时蘸鱼露的山东名菜。再来是酒煮鸭肝，并不逊法国人的鹅肝，也一扫精光。

烤鸭上桌，饭桶是北京人，也觉得烤得比北京的好，尤其是那几张面皮，老老实实，原始的味道。阿红只吃鸭皮，不吃鸭肉，留肚吃别的。

我也同情她，那么爱吃，又要保持身材。她不拍电影了，我也不拍电影了；她主要的工作是替名牌店剪彩，我主要的工作是替餐厅剪彩，我向阿红说："等你减不了肥时，和我一块去餐厅剪彩好了，餐厅喜欢胖人的。"

阿红在丈夫熏陶下爱上艺术品，每次画展都和我去看，眼界甚高，认识的新画家比我多，又到各国剪彩时欣赏博物馆的名画，真伪给她一看即辨别出，如果不和我去餐厅剪彩，也可以当名画鉴证。

除了这些，她热心环保，今晚当然不会吃鹿鸣春的另外一道名菜鸡煲翅了，但要了伴着翅的馒头，那里的做得精彩，咸甜恰好，她连吞三个。饭桶的丈夫也是北京人，打包了拿回家让丈夫享用，也说北京做得没那么好。

接着烤羊肉上桌，这是一道把羔羊炖过之后再烧的名菜，软熟又香喷喷。可惜阿红、她的妹妹和饭桶都不吃羊，让杨宝春和我吃个精光。下次记得，把这道菜改为炸元蹄，将猪脚煮得入口即化，再炸香，所有人一定不能抗拒！

以为再吃不下时，上了烧饼，这个烧饼烤得香喷喷，切半，像一个眼镜袋，再把干烧牛肉丝和胡萝卜丝塞进去，塞得越满越过瘾。阿红连吞三个，问店员有没有榨菜肉丝，另上一碟，又多塞几个烧饼。

不行了，不行了，大家都饱得食物快由耳朵流出来时，利用剩余食物，把烤鸭的壳斩件滚汤，下豆腐粉丝和白菜，滚得汤呈乳白色，喝时把剩下的鸭腿骨边肉也啃了才肯罢手。

这时最精彩的山东大包上桌，事前已问各人要几个。有的说一个，有的说一个分三人吃，结果发现那么大的包子，原来里面的是杂肉碎和粉丝白菜等蓬蓬松松的东西，不会填肚，包子皮又薄又甜，鞋子那么大的一个山东大包，我们一人一个，吃个精光，结果打包的只剩下一人一个。饭桶事后说翌日翻热了吃，更是精彩。

不能再吃了，减肥要前功尽废了，甜品跟着上，有高力豆沙，皮是蛋白加面粉做的，发酵得又松又软，像吃空气，豆沙又甜美，当然又吃精光。

第二道甜品是莲子拔丝，香蕉拔丝吃得多，莲子拔丝更是神奇，当然不放过，焦糖的部分更是美妙，完全不剩。

埋单，大家互相拥抱道别，约定下次去 Chesa 再大干一番。

大班楼的欢宴

在一个懒洋洋的下午，我们去了"大班楼"。

这次本来是想补请钟楚红做生日的，那天她叫了我去，没告诉我是什么聚会，到了才知道，太迟，没礼物。

今天有她的友人傅小姐、Teresa 和 Jenny，以及"大班楼"店主夫妇，总共七位，这种人数刚好，太多了话题总是太散。

太阳映照在半透明的玻璃窗上，气氛暖和，有点似曾相识。傅小姐带来的餐酒总是有水平，数支 Bienvenues Batard Montrachet Grand Cru（碧维妮 - 巴塔 - 蒙哈榭特级园），2007 白酒和 Chanson Chambertin Clos De Beze Grand Cru（香颂香贝丹贝兹特级园），2008 红酒，都是我爱喝的。

友人常问你不是不喜欢餐酒的吗？你不是说所有的餐酒都是酸的吗，而你是最讨厌酸的？

好的餐酒一点也不酸，照喝，今天有非喝醉不归的预想。

酒好，菜呢？

叶一南一早预备的头盘，是冻卤水花椒小吊桶，小吊桶就是小鱿鱼，胖人手指般粗，当今在香港已很少见。大厨每天在鸭脷洲等渔船回来，立即搜购，用冻卤水浸够味，扫上自制的花椒油上桌。

味道当然不错，我们一边吃还一边聊，说日本人也捕捉后即扔进一大桶酱油内，等小鱿鱼喂饱。用同一个方法来喂卤水也行呀，或其他酱汁也许有更多的变化，大家都拍手同意。

另一道冷盘是陈皮牛肉，陈皮不易入味，叶一南说试了两年，发现配牛肉最佳，带些甜味更好。说到陈皮，我带傅小姐前些年到九龙城的"金城海味"进了一大批，下次店里不够用，我们自己吃时她说可以提供。

阿红一向酒喝得不多，今天也畅饮，脸红红的，更是好看。

接着上的是咸柠檬蒸蛏子，这是叶一南去大孖酱园时发现的二十年前酱油，全部买回来，时间累积的醇厚味道不同就是不同，简简单单地用来蒸蛏子，不错不错。

跟着上的咸鱼臭豆腐，原料来自李大姐手笔，她是用豆卤发酵臭豆腐的仅存者，制品与化学臭豆腐当然不同，师傅搓烂臭豆腐，加入上好咸鱼、马蹄、葱花切丝捏回方块炸成。

知道阿红最环保，反对吃鱼翅，这一餐什么鲍参翅肚都没有，黑松露、鱼子酱等也禁绝，叶一南说中国的好食材一生一世都用不完。

酒喝多了，阿红说起她在香港演艺界的生涯，前后不足十年，但也拍了五六十部电影，有些还是被黑社会挟持下日夜开工的，累得站着也可以睡着。辛酸虽不少，但她总以轻松口吻叙述，惹得人家哈哈大笑。

这时主菜才上，蟛蜞膏豆仁琵琶虾，是用雌性的小蟛蜞卵造做成。在蟛蜞体内的叫膏，成熟后才成为礼云子，产量极少，味奇鲜。

剁椒咸肉蒸龙趸头上桌，大班楼用自己发酵的剁椒，加盐加蒜，发十多二十天即成，味道很强，配上咸肥肉丝、榄角来蒸大鱼头，旁边有水饺，其实配料的红油抄手做得更好吃。

樟木烟熏鸭需特别预订，体形细小的黑脚鸭，肉很嫩，再用鸡鸭鸽子鹅等切下，广东厨子叫为"下栏"的部分蒸出汁来，比上汤更浓。用它来腌一夜入味，然后慢火蒸四小时，迫出一大半油来。这时才用真正的樟木慢慢烟熏，这个步骤是急不得的，最后用大火焗香鸭皮。

阿红建议烟熏时可加米饭，烟味更可浓一些，来补救味道过淡，叶一南也细听了。

今天晚饭，也是来庆祝他和他太太的新婚，这一对佳偶拍拖已拍了二十年，刚好在二十年前参加过我的旅行团，当时不知他们是不是夫妇，也不便去问，后来才知道是情侣。

我一直觉得婚姻是一个野蛮的制度，但在他们的例子，更适合佳偶天成这四个字。大家所谈，都是数十年的事。阿红已故的先生，也是我从小看到他大的，今天聊起，似是昨日事。

剩下的是鱼汤腐皮豆苗，美人们非吃蔬菜不可，我已太饱，再也吃不下了，但看到蟹肉樱花虾糯米饭，才连吞数口。

最后的甜品是每天即磨的杏仁茶，还有不太甜的山楂糕、杞子糕和绿豆莲蓉饼。糖水则是绿豆加臭草做的，这一餐，完美得很。

主要是人好，话好，食物好，那斜阳的光线，现在想起，是在绘画老师丁雄泉家里，阿姆斯特丹当然没有大鱼大肉，是简简单单的煎葱油饼，但一样欢乐，一样难忘。

埋单时，说是叶一南请客，谢谢他们了。

苏美璐画展

去年这个时候，苏美璐悄然来港，主要是为了庆祝她爸爸苏庆彬先生花毕生功夫编制的《清史稿全史人名索引》出版，连同妈妈和弟弟们，一齐在香港团聚，度过了一个愉快的假期。

临送她上飞机回苏格兰小岛时，我向苏美璐说很多读者对她的家族想有多一点认识，问她有没有兴趣出版一本苏美璐家族的书，她说她母亲一直有这个心愿，我便向出版社提出，一拍即合，《珍收百味集》一书由此诞生，由苏妈妈何淑珍女士撰写，苏美璐插图。

经历过二十世纪六七十年代香港生活日子的人当然感到亲切，像人造花、制水等日常细节，到当年盛开的红颜色莲雾，都很亲切地陈现在眼前。

这是一本多么珍贵的历史见证，还有绝对的艺术价值。从她母亲的口述，苏美璐一笔一笔地画了下来，比看黑白照片更有诗意。

为了令更多的读者接触到此书，特地为她安排了一个画展，让大家可以看到这一百二十幅的原画。要筹备一个画展不是易事，首先是选场地，本来讲好的一个商业画廊，先说要抽二十巴仙的佣金，后来再提出在十四天的展出期间，另收十五万港币的现金，令我们感到十分头痛。

好在皇天不负我们这些有心人，好友郭翠华介绍了民政事务专员黄何咏诗太平绅士，她认为这是一个很有意义的画展，帮助我们挑了好些场地。

最后决定在西边街的"长春社"举办，是一间文化古迹资源中心，文化保护建筑物，很适合画展的主题，地方虽然偏僻了一点，但从西营盘港铁站走过来也很方便，这一区又新开了不少有品位的餐厅，渐渐形成另一个潮流人士的集中点。

地方选好了，那么裱装的镜框呢？十多年前我替苏美璐在香港"中央图书馆"开了一个画展，展出她多年来为我插图的原画，全部卖光。当年只在香港开一次和澳门开一次，澳门的选址是在龙华茶楼，苏美璐更是喜欢。因为只有两地的画展，所以画的镜框可以用很厚很大的木头，但这一个《珍收百味集》画展，香港皇冠出版社的老总说香港展出后，可以到新加坡、马来西亚的各个大都市再展，这么一来，非得在镜框上动脑筋不可。

我认为越简单越好，简单到用两片塑料片夹起来就是，搬运起来非常方便，我把这主意用电邮告诉了苏美璐，她也赞成。

那么得找人来造，大热天时，郭翠华和我汗流浃背，在湾仔的裱画店一间间询问，比较价钱，结果找到一家专造塑料框的，店主说用四颗钢头把塑料板框住，这是一般常见的做法，我认为太过普通，又无美感，要求改用另一种形式。

"啊，那么有一个人你可以和他商量！"他说。

结果介绍了骆克道一条小横巷中的"隽艺胶片广告制作"公司的陈先生，我们见面，说明来意，他即刻领会，我很幸运在我的生涯中遇到许多这样的匠人，老实、肯干、专业，一心一意把工作做到最好。

要是没有那四颗铁钉怎么做？郭翠华建议把塑料片造成一个扁平的盒子，把画装进去就是，什么钉都不必用，但又怎么把画固定在理想的位置呢？陈先生说不如用两颗塑料造的小粒镶进底部，同样是透明，就看不见钉子了，这么一来，原画就那么放了进盒子里面，展览之前才放进去，展览完毕后把画倒出来，再放入箱中保管，就不必怕画受损了。

制造出来的镜框令人十分满意。再下来就要看怎么挂上去了，长春社本身壁上有许多钉子可以挂画，但地方始终太小，不够那一百二十幅画使用，郭翠华与我又请了美术设计师在中间搭建一幅假墙，再加灯光，一切准备就绪。

画展在九月二号开始，至十月初，一共有三十天的展期，让各位慢慢欣赏。

看了喜欢的话，可不可以买？事前和苏美璐商量好，如果想买，那就要把那一百二十幅全部买下，因为这是一个整体，但我提出要是很喜欢，苦苦哀求呢。她最后答应用上一次开画展的方法，选中的画，可以预订，由苏美璐重画一幅。

东方对苏美璐的认识，也许只限于我的文章。她的插图，我的文字，从《壹周刊》开始至今，不知不觉，已有三十年。只要编辑部把我的稿传给她，即刻有可配合得很好的作品出现，是一个奇迹，我一直都说每一期读《壹乐也》专栏，也是主要看她的画，画比文字精彩。

在西方，苏美璐于插图界是一位数一数二的高手，得到无数纽约和国际的奖状，各位如果有兴趣，可浏览她的网站，她为人低调，资料皆由 Amazon（亚马逊）、Penguin（企鹅）、Random House（兰登书屋）等大出版商推荐。

求她做插图的人越来越多，连好莱坞大明星奥斯卡影后 Julianne Moore 的儿童书也由苏美璐作画。

这次画展中得到她一两幅原作，将会是毕生的收藏。

纽约的张文艺

我在每一个大城市都有一个好朋友，他们一定对这个城市有很深厚的感情，彻底知道这地方的每一个角落，每一点一滴。在和他们的交谈之中，你要尽情地吸收他们对这个城市的爱，将他们的城市，变成你的城市。

如果你很幸运的话，去纽约，和张文艺逛街，他便会把每一座大厦，甚至每一棵树的历史清清楚楚地讲给你听，古语中的如沐春风，便是这种感觉。

张文艺是谁？有些人会说他是张艾嘉的舅舅，而在我眼中，一直认为张文艺的侄女是张艾嘉。他们两人的感情已经是父女关系，这一点张艾嘉为他的新书《一瓢纽约》的序中，也是这么说的。

那时候我在邵氏，李翰祥找张艾嘉来演贾宝玉，知识分子的艾嘉问我好不好。她自认还没有资格，我回答说当一名演员，任何角色都要争取，任何经验都是可贵的，结果她把戏接了，成绩正如她自己所料不如理想，但在她的演艺生涯中，也的确是一个难忘的踏脚石。而张艾嘉回赠给我的礼物，就是把张文艺介绍了给我。

张文艺的家，在纽约的百老汇大街一头，走出去就是唐人街，再远一点可以步行到富尔顿鱼市场，纽约是一个可以走路的都市，我们两人不停地走。

"在这里拍了《Ghostbusters》(《捉鬼敢死队》)。"他说，数不清的大厦，说不完的电影名称，我感到异常地熟悉，电影中的情景，不断地重现。

累了，停下来喝一杯，张文艺最喜欢喝威士忌，偶尔也爱伏特加，他带我到大中央蚝吧，在大中央终站地下，我们一碟碟的生蚝吃个不停。我们的伏特加一杯杯干个不停，他又说纽约人喝伏特加，照俄国人传统，是把整瓶酒冻在冰格中，淋上水，让酒瓶包上一层厚冰，倒出来的酒，像糖浆一般的浓稠。

有时，我们干脆不出门，在他家客厅天南地北地聊天，他太太也常好奇地说："文艺的外地朋友极多，来到纽约总是四处跑，从来没有一个像你一样喜欢留在客厅里的。"

张文艺的客厅，这么多年来，集中了无数的文人骚客，包括费明杰、林怀民等，我们共同的好友丁雄泉先生住纽约时也是他家常客，后来的内地艺术家画家也没有一个不去过。

记得有一天，天寒地冻，我早上散步到唐人街，买了七八只大龙虾和一堆大芥菜，龙虾壳烧爆，肉刺身，头脚和大芥菜及豆腐熬汤，是丰富的一餐。

美国 9·11 恐怖袭击之后，我便发誓不去美国，包括我心爱的纽约，因为过海关时的那种把游客当成恐怖分子的态度，我是受不了的，也不必去受。

张文艺反而来香港来得多，每隔一两年，他总会来东方走走，虽然纽约是他半个世纪以上的第二故乡，东方的情怀和友人，以及食物，是他忘不了的。

每次来，我都带他散步，香港也是个散步的都市，如果你懂得怎么走。我们从中环走到西环，每一条街每一栋建筑也都有名堂，他感叹汇丰大厦的设计，他欣赏旧中国银行的建筑。当我们乘渡轮过海时，我向他指出，前面是一个曼哈顿，你回头时，又有一个曼哈顿。

来香港，他最喜欢的，还是澡堂子，我带过他去油麻地的那家，也去了宝勒巷的澡堂，师傅们用毛巾包成手刀，将身上的老泥都搓掉的滋味，不是纽约能找得到的，可惜近年来已绝迹。

说回张文艺的样子，他这几十年来身材保持不变，永远是那么高高瘦瘦，从前还戴一个过时的大框眼镜，最近才改了。

改不掉的是他那条牛仔裤，没有一天换别的，这是他到了美国之后承袭的传统，在他家的衣柜中看到他的牛仔裤，至少上百条。

"这多半是因为我有幸（或不幸）一生都处在一个历史的夹缝，我没有做过任何需要穿西装打领带的工作。"他在书中说过。

一直在联合国做事的他，有本联合国护照，也被联合国派到非洲长驻了三年，家中还摆设许多难得的部族工艺品。

张文艺带我去参观过联合国，联合国的每一个国家都在他们的馆前摆一个代表性的工艺品。

前几天张文艺又来香港，问他逗留多久，他说中间可能要去北京一趟，他写的一本很另类的武侠小说《侠隐》，反响巨大，被姜文看中，买了版权要拍成电影，姜文要他去北京，聊聊剧本意见，张文艺说电影和小说是两个不同的媒体，全权交给姜文去处理，但如果谈当年的北平，他可以给一点服装和道具上的数据。

出版《侠隐》的"世纪文景"工作非常认真，《一瓢纽约》也由他们出版，现在拿在手上看，的确是我见过的一本最好的内地出版的书，其中的照片由张文艺好友韩湘宁提供，彩色和黑白的都印刷精美，内容更像走进张文艺的客厅，和他聊聊纽约，聊得三天三夜，喜欢纽约的人，必读。

书画展点滴

香港荣宝斋《蔡澜苏美璐书画展》，从二〇一八年三月二十七日至四月三日为止，圆满地结束了，我拍了一张照片在社交平台发表，字句写着："人去楼空并非好事，但字画售罄，欢乐也。"

邀请函上说明为了环保，不收花篮，但金庸先生夫妇的一早送到，王力加夫妇一共送两个，陈曦龄医生、徐锡安先生、师兄褚绍灿、沈星，还有春回堂的林伟正先生、成龙和狄龙兄也前后送到，冯安平的是一盆胡姬花，最耐摆了。

倪匡兄听话，没送花，但也不肯折现，撑着手杖来参加酒会，非常难得，他老兄近来连北角之外的地方也少涉足，来中环会场，算是很远的了。

酒会场面热闹，各位亲友已不一一道谢，传媒同事也多来采访，为了内地不能参加的友人，我在现场做了一场直播，带大家走了一圈，亲自解说。

记得冯康侯老师曾经说过，开画展或书法展也不是什么高雅事，还要说明给到场的人字画的内容，这和推销其他产品没什么分别。

照了 X 光，医生说可以把那个铁甲人一般的脚套脱掉，浑身轻松起来，加上兴奋，酒会中又到处乱跑，脚伤还是没有完全恢复，事后有点酸痛。

再下去几天，就不能一一和到来的人一齐站着拍照了，干脆搬了一张椅子在大型海报前面，坐着不动当布景板，朋友们要求，就不那么吃力。

合照没有问题，有些人要直的拍一张，横的拍一张，好像永远不满足。他们都很斯文，有的人样子看起来很有学问，但是最后还是禁不住举起剪刀手，他们不觉幼稚，我心中感到非常好笑。

已经疲惫不堪时，其中一位问我站起来可不可以，我就老实不客气地："不可以！"

自己的字卖了多少幅我毫不关心，倒是很介意苏美璐的插图，又每天写电邮向她报告，结果颇有成绩。我自己买了三幅送人，一幅是画墨尔本"万寿宫"的前老板刘华铿的，苏美璐没见过本人，但样子像得不得了，另一幅是画"夏铭记"，还有上海友人孙宇的先生家顺，应该是很好的礼物。

自己的字，有一幅觉得还满意的是"忽然想起你，笑了笑自己"。第二个"笑"字换另一方式，写成古字的"咲"，很多人看不懂，结果还是卖不出，直到最后一天，才被人购去了，到底还是有人欣赏。

写的大多数是轻松的，只有一张较为沉重的"君去青山谁共游"，有一位端庄的太太要了，见有儿子陪来，我趁她不在时问为什么要买这张，回答道家父刚刚去世，我向他说要他妈妈放开一点，并留下联络，心中答应下次有旅行团时留一个名额给她。

钟楚红最有心了，酒会时她来了一次，过几天她又重来，说当时人多没有好好看。当今各类展览她看得多，眼界甚高，人又不断地自我修养求进步，一直是那么美丽，是有原因的。

想不到良宽的那一幅也一早给人买去，来看的人听了我的说明，感谢我介绍这位日本和尚画家，其实他的字句真的有味道，下次可以多写。

张继的那首脍炙人口的诗，并不如他的另一个版本好，所以写了"白发重来一梦中，青山不改旧时容；乌啼月落寒山寺，倚枕仍闻半夜钟"。也有人和我一样喜欢，买了回去。

来参观的人有些也带了小孩子，我虽然当他们为怪兽，绝对不会自己养，但别人的可以玩玩，然后不必照顾，倒是很喜欢的。好友陈依龄家的旁边有一家糖果店，可以印上图画，问我要不要，我当然要了，结果她送了我一大箱的圆板糖，一面印着"真"字，一面印着一只招财猫，一下子被人抢光。

那个"真"字最多人喜欢的，我也觉得自己写得好，一共有两种，一种是行书，另一种是草书，卖光了又有人订，一共写了多幅。我开始卖文时，倪匡兄也说过：你靠这个"真"字，可以吃很多年。哈哈。

对了，卖字也要有张价钱表，古人书写叫为"润例"，郑板桥的那幅写得最好，好像已经没有人可以后继了，结果请倪匡兄为了我作一篇，放大了摆在场内，可当美文观之。

这次书画展靠多人帮忙，才会成功，再俗套也得感谢各位一下，最有功劳的当然是香港荣宝斋的总经理周柏林先生和他的几位同事，他们说没这么忙过。在今年公司会搬到荷李活道，给个固定地方卖苏美璐和我的字画。

宣传方面，叶洁馨小姐开的灵活公关公司也大力帮了很多忙，在此致谢。

最感激的是各位来看的朋友，过几年，可以再来一次。

圣诞卡

"什么？你还写圣诞卡？传一个电邮不就行吗？怎么那么过时迂腐？"年轻人说。

一些传统，是非常优雅的，绝对不过时，亲自写圣诞卡是其中之一，你们不屑，我却一定要传承。每年到这个时候，我必然一张张写，一张张寄出。

这个习惯是受到邵逸夫先生的影响，每年他一定用那颤颤抖抖的笔画寄给他认识的人。有次帮他整理，看到他寄出后收回来的贺卡，来自卓别林，来自伊丽莎白·泰勒，来自格蕾丝·凯莉……

我的对象没那么出名，只是些有过感情的友人，有些甚至没有见过面，像一位叫拉云尔的医生，居住于里昂。他是我年轻时法国女友的监护人，女友到处流浪，我问要怎么找她时，她把拉云尔医生的地址写了给我，说寄到他那里，一定交得到她手中。

从此，每年到了这个季节，当我想起了她，就寄一张圣诞卡到拉云尔医生那里。礼貌上，我也顺便写一张给拉云尔问候一声。

那么多年来，从无间断，直到有一天，接到拉云尔医生来信，说女友因癌症过世。翌年当然不寄了，但拉云尔医生那里，还继续着。

买的圣诞卡，即使多贵，也没什么感情，当然史努比的是例外。我的圣诞卡，之前也是买的，在三十年前开始，就把苏美璐替我画的插图之中选了一幅，拿去印刷厂大量复制，有的是美女们围着我浸温泉的，有的是和倪匡兄一起吹喇叭喝酒的，有的是躺在雪上的，每年都不同。

秘书已准备了一份地址，我从欧洲地区寄起，因为他们那边的邮政不稳定，而且常闹罢工，非早寄不可。接下来的是美国、澳大利亚，再来是亚洲了，日本韩国先寄，把澳门香港留在最后。

日本人并不流行寄圣诞卡，但他们甚注重阳历新年，在空白的卡内，我填上"贺正"二字，代替了圣诞快乐。因为苏美璐的画精彩，日本友人都喜欢，经常光顾的北海道札幌的艺妓屋"川甚"的老板娘收到了，就把它和旧的一连串挂在墙上，年底去了就看得到。

一面写一面想起和这群老友的往事，在空白的页上总题几个字，问他们记不记得在大雪之中那顿丰富的晚餐，或者一些在圣诞时的趣事，像有一年，主人把一瓶名贵的酒，埋在雪中，要客人去寻找，找到了就当礼物等，都是毕生难忘的事。

在日本留学时，认识了一位好友叫加藤，他在酒吧中结交了一个美国兵，送给他一支大麻，不巧一走出门就给警察抓个正着。保释出来等上法庭时，加藤拜访一个个老同学，要我们给他钱。

"都要去坐牢了，要钱干什么？"有的同学问。

"我要钱去请一个最好的律师，替我在法庭上做证，大麻并不是像海洛因鸦片一样的毒品，不必严重到要收监，这个记录，会帮忙到其他受害人。"加藤说。

审判的前一天，他一个个来向我们道别，说这次进去后，不知何时再能见面。

结果，证据不足，当场释放了。官司也不必再打，加藤用了剩余的钱买了一张机票到美国去，结果落户在缅因州，剃度为和尚，尽了一生的努力筹钱，在那里搭了一座白色的佛塔。

每年收到他在圣诞节的回信，并不是一张卡，而是以宣纸毛笔画的一幅符，祝福我这个老友。

一年复一年，走的老友也渐多，只有硬下心来，用红笔从清单中画掉，这个地址从此，和躯体一样，消失了。

花开花落，每一年，都有新的名字增加在名单上面，有的还是老友的儿女，他们记着了父母和我的圣诞卡交往，认为是一件当今已非常难得的事，也开始写圣诞卡了。

今年看了名单，有一件特别难过的，是长居巴黎的日本女友久美子，也要删掉了。不，不，她人是健在，只是被女儿们送进了养老院。我最初听到了很气愤，母亲辛辛苦苦养大了你们一生，何必如此狠心。

经过巴黎时特地去到郊外的养老院拜访，看到的是一座很有规模的建筑，地方干净，管理得很好，不像是一个等死的地方。

献上鲜花后久美子望着我，一直微笑，但她认不出我是谁了。她的圣诞卡，今年不必寄了。

移民到美国的韩国导演郑昌和，每年也寄圣诞卡，前几年开始没有回音，不知近况如何。算岁数，也该七老八十，如果看到了，也会满脸皱纹吧？对方要是看到我本人，满头白发，腰也开始弯了起来，也会感慨万千吧？

有时不见也好，薄薄的一张圣诞卡，之前交往的印象，还一直留存在大家年轻时。

网红人

跟着日新月异的科技，好玩的事越来越多。近来伙拍倪匡兄，两人做一个《一五五会客室》的直播节目，第一集有一百六十九万人看，第二集有一百四十万人看，已有共三百零九万人看过。

直播其实就是外国人的"真实秀"，主持人在真实时间内与广大的观众一起度过。很多年前金·凯利已经有一部电影讲这件事了。

出现在这些节目中的，内地有个名字叫"网红"，很多年轻女子都开着手机直播。倪匡和我两人算是最老的，节目名叫的一五五，是我们两个人加起来的岁数，自嘲好过被别人笑话。

任何人都可以当网红，问题是有没有人看，怎么叫人知道自己的存在。

当今有无数的直播网站，我选了新浪的"一直播"，是因为我在新浪的微博默默耕耘，从二〇〇九年十二月十三日开始，回答诸位网友的问题，这些日子以来，一共发了九万三千条微博，粉丝一个个赚回来，已有九百三十八万人，通过这群网友发放消息，才会有人观看。

两人七老八十，做这些直播节目干什么，求名求利？人家说："你看，观众的打赏实在厉害，播放时间内不断把金币一个个投了过来。不止金币，还有钻石，哇，你们两人，已经有十四万三千颗钻石了，不得了，不得了！你们赚老了！"

是不得了，那么老了，又不露胸，也有十几万颗钻石。但是，这一切都是虚数，几十万个金币，也换不了几百块人民币，还要被抽佣金，更是所剩无几。也很可怜那些整天在镜头前等待人家打赏的女孩子，不如去麦当劳打份工吧，一定赚得更多。到了第二次做节目，遇到有人问得好，与其别人送金币，不如我送几个字给观众，至少可以卖几个钱。

为名吗？这个岁数，不必要吧？

但到底是干什么？不是完全无利可图的，要等到人家看见成绩，就会花钱来让你为他们宣传，但在他们看不到你有实力之前，一个子也不给。

我一向鼓励年轻人：别问收获，先耕耘！看来，实在有代沟，我们比他们年轻。

微博推出了"一直播"这个 APP，由面痴友人卢健生推荐，我一听就知道可行。伙拍倪匡兄，观众还以为我们会做像《今夜不设防》一样的内容，那是几十年前的事了，我们也不会重复，而且当今请美女嘉宾，她们会很轻易答应，但她们的经理人难缠，我们没那么多工夫周旋，还是只有我们两老比较轻松。

做节目之前，我找到倪匡爱喝的蓝带白兰地，他说现在卖的简直是难以下喉，我们喝的是数十年前的旧酒，而且要半瓶装的。

有酒了，要有下酒菜，直播现场不能煮食，我只有买倪匡兄喜欢的鸭肾和开罐墨西哥鲍鱼给他吃，有酒有菜，话就多了。

认真的，倪匡兄的急智高我十万八千里，面对众多网友提出来的问题，他回答得又准又精。

问：遇到了八婆怎么办？

答：一笑置之好了，你跟她认真，你不就成了八公了吗？哪有这么笨的人？

问：你的男女关系写得很成功，是因为你很有经验吗？

答：我写强盗也很成功，难道我是强盗吗？

问：钱重要吗？

答：钱不是万能的，可是没有钱是万万不能，等到生病，你住高级病房还是普通病房，就知道钱的好处了。

节目中还有很多精彩的对答，如果各位有兴趣，点击"一直播"，马上可以看到回放，真是方便得不得了。

节目已经做了两集了，第三集我要出国，一早已经答应了一群好友带他们去马来西亚吃榴梿，不能改期。一想，有了，就去马来西亚直播好了。

只要有部手机，就行了，抵达之后买一张 4G 的卡，随时可以上到 Wi-Fi，一按掣，就能直播了，我吃什么榴梿，大家虽然只能看到，但是马来西亚很近，货品机票又便宜，随时可以跟着我的足迹去吃好了。

我也会介绍网友经营的燕窝，她开发的是"屋燕"，非常环保，又干净，所以可以大力推荐，另外有衣服、土产等的购物也能一一介绍。

最让大家喜欢的是我准备了马来西亚的各种美食，什么忘不了河鱼、什么大头虾、什么大螃蟹，应有尽有，当然最精彩的是榴梿，除了"猫山王"之外，还有"黑刺"，那是冠军品种。

当然我更会在节目中推荐我自己的新产品"冷泡罗汉果茶"，热冲固然好喝，但是冷泡有意想不到的效果，罗汉果是新鲜真空抽干的，与从前烟熏有股怪味的不同，又清热去火，一瓶没有味的蒸馏水，如果加了一袋罗汉果茶包，味道即刻丰富，一下子喝完，带甜，又没有糖的坏处。有好东西，还是想和大家分享的。

琉璃

见面时，我们不禁地拥抱。

岁月在我们身上都留下痕迹，但她还是回忆中的那个少女，一个不断地追求精神上更高一层次的女人。

刚认识时，她已是位出色的演员。我们一起在东京拍戏，工作完毕，到一家小酒吧去。本来清清静静，给我们又唱歌又闹酒，气氛搞得像过年。是的，那是旧历年的除夕，日本不过农历年，只是个平凡的晚上。我们身处异乡，创造自己的年夜。

另一年的元宵，我们一起到台湾北港过妈祖诞，鞭炮的废纸，在街上铺了一层又一层，有如红色的积雪。

从来没见过人民那么热烈地庆祝一个节日，各家摆满十数桌酒席，拉路过的陌生人去吃饭，越多人来吃，才越有面子。

烟花堆成小山，已不是噼噼啪啪地放，而是像炸弹一声轰隆巨响，刹那间烧光一切。

看个地痞变本加厉地拿个土制炸弹掺进烟花中，爆炸的威力令我们都倒退数步。

"虎爷不见了！"听到人家大喊。

这个虎爷是块黑漆漆的木头公仔，据闻是在百多年前由内地请神明请到台湾来的。北港的人民当它是宝，给那个土炸弹爆得飞上天空失踪了，找不到的话，人民迷信将有一场大灾难。

混乱之中，有些流氓乘机摸了她，我们这群朋友看了火滚，和他们大打出手，记忆犹新。

好在大家都没有受伤，虎爷也在一家人的屋顶上找到了，一片欢呼，结束了疯狂的一夜。

从此，二十年来我们再也不碰头，但在报上、电视上常看到她的消息，由一个专演娱乐片的明星，到拍艺术片，连续了两届影后的她，忽然地息影了。

电影这一行，始终是综合艺术，并不个人化。好演员要靠好的导演栽培。成为大师级的导演，又是谁出钱给他拍戏的呢？还不都是庸俗的商人。

她寻求自我中心的满足感，终于找到了琉璃艺术这条路。

听到这消息，真为她高兴。这个艺术的领域，还是很少人去琢磨的。

书法、绘画、木工、石雕等，太多大师级的人物霸占着一席。如果大家都是以艺术家身份来互相欣赏，那倒无所谓。令人懊恼的是浑水摸鱼的人太多，攻击来攻击去，已不是搞艺术，而是搞政治了。

琉璃艺术在西周，距今三千多年前已兴起。历代中产生不少的光辉，到清朝还在鼻烟壶上努力过。近代东方人一直忽视了这门工艺，反而是西方，深受重视。

美国的 Tiffany、捷克的 Libensky 的作品，我到世界的各大博物院中都曾经见过。二十世纪初的西方装饰艺术 Art Deco 中，琉璃作品里也大量运用中国器皿为概念，这门艺术，应该在东方发扬光大才对。

有时看来像翡翠，有时看来像玛瑙，有时看来像脂玉，有时看来像田黄。琉璃艺术的颜色变化多端。

这种法国人所谓的水晶脱蜡精铸法（Pate-De-Verre），是将水晶的原粒，加入发色的酸化金属，在炉中高温熔化而成，过程复杂到极点。多年来，她一天十几小时，就算酷暑炎午，她还是在四十摄氏度的高温下工作，失败又失败地重复之下，得到的成果，来得不容易。

作品《玫瑰莲盏》中，水晶脱蜡精铸法已发挥到淋漓尽致的地步。碧绿的莲叶，含着那朵鲜红的小花朵，像一块刚挖出来的鸡血石，是大自然浑合出来的斑点，意境极高。

众多作品，我最喜欢的是《金佛手药师琉璃光如来》。一只金色的手臂，隐藏着面孔慈祥的佛像，概念是大胆而创新的，这是从来没有看过的造型，应该说是她的代表作吧。

法国的巴克洛和达利克把琉璃艺术发展到商业装饰里，开拓了广大的世界市场，为国家争取不少的外汇。

我们见面时，问过她是否会走法国人的商业路线。

她笑笑，表示留给她的伙伴张毅去做，自己只攻创作。其实她的作品中的"悲悯"和其他不同的主题，是外框很厚的玻璃砖，中间藏着各类雕塑，很适合建筑美学上用，能将一栋平凡的墙砌成一件艺术品。

在我三十多年的电影生涯中，认识的女明星不少。家庭破碎的也有，潦倒的也有，消失的也有。

我也认识很多后来成为贤妻良母、家庭美满的演员，俗人知道也好，不知道也好。

她应该是最幸福的一个吧。看到她的表情，很像《芭贝之宴》一片的女主角，用尽一切为客人做出难忘的一餐。

人家问她："你把时间和金钱统统花光，不是变成穷人吗？"

芭贝回答："艺术家是不穷的。"

朋友常问说我写的人物，是不是真有其人？在她的例子，是真的。她的名字叫杨惠珊，又叫琉璃。

恩人

查先生查太太由墨尔本传来短讯，嘱老太太是一位有福之人，礼堂上应点红烛，我都照做了，还有众亲友慰问，在此一一答谢。

老家邻居，一位年轻太太，对母亲很尊敬，一直自己做些糕点相赠。妈妈记性不好，忘记人家的姓氏，只管叫她小妹妹，久而久之，节省一字，称为小妹。

守灵那天，小妹和先生来了，我们一家都很感谢他们。无以回报，我每次回来都带点书送给小妹，因她喜欢读我的文章，妈妈走了，今后再有新书，亦当寄上。

爸爸去世，妈妈食量减少，只爱喝白兰地和早上吃点燕窝，弟弟、弟妇事忙，这个工作交给谊兄黄汉民和他的太太，十三年来，一直没有间断，现在妈妈走了，可以不必再负这个重担。大恩不言谢，汉民兄对我们一家那么好，永远感激。

最感恩的是家政助理阿瑛，她是来自印度尼西亚的华侨，原来是福建人，未婚，来我们家已十三年，一直照顾妈妈的起居。阿瑛人长得矮小，可烧得一手好菜，我觉得新加坡一切小食已走了样，有其形而无其味，所以只爱吃阿瑛烧的咖喱。

最后的这些日子，阿瑛搬进妈妈房间，更体贴地照顾。房内书桌，有一张双亲年轻时的黑白照片，爸穿西装，妈一身旗袍，戴圆形眼镜，两人颇为登对，阿瑛经常对着照片看个老半天，也许感觉到人生应有一个伴侣。

今年，阿瑛也有四十岁了吧，我们一直鼓励她回印度尼西亚嫁人，她从来不花钱，蓄储下来的数字，去印度尼西亚乡下应该算是小富婆一个。但是我们都担心，要是她不做了，妈妈可没人看得那么好。

妈妈走了，我们做子女的都没有流泪，只有日夜相伴的阿瑛，哭得最伤心，已不是雇主，当为自己母亲了。

不知怎么安慰她，只有拍拍她的肩膀，说声："阿瑛，我们兄弟已经不哭了，你做妹妹，也不应该哭。"

周迅

内地一份畅销周刊要颁一个奖给周迅，由我递到她手上。

凡是有这种典礼，工作人员总觉不安，虽然有很多时间才轮到，也要一早把我们赶到台下等候。周迅没有大牌，听话照做。

但是，避不了闸前合照的，也有其他传媒临时要做访问，人数众多，没有组织，烦不胜烦。

周迅客气地一一答应对方的要求，给足主人家的面子之后，就一溜烟地跑回休息室，不管工作人员怎么催促，没到最后一分钟，不肯出来。

我看了暗暗钦佩。这种态度绝对正确，先礼让，接着便坚持原则，什么脸都不必给。

终于完毕，大会本来准备了消夜，但周迅说要去我有份参与的"粗菜馆"吃东西，我打了一个电话给老总崔明贵，他是我在嘉禾年代的老同事，说什么都行。

一群人涌到闸北的那家，装修不及徐家汇和外滩的，但听说师傅较为资深，炒猪杂先上，是招牌菜，周迅和她公司的同事吃得津津有味，一点也不怕胆固醇。崔老总赶到，我叫他亲自下厨另炒一碟，比较一下，还是他的厨艺高超。见众人吃得高兴，崔老总几乎把整间店的菜肴都搬了出来。

已经开始咽不下了，周迅还说小时候吃过猪油拌饭，这是上辈子人苦时候的美食，想不到周迅也试过。猪油很香，大家又连吞三大碗。

一边吃东西一边聊天，发觉金庸先生没有说错，他告诉我周迅是位性情中人，大癫大肺，重情义，扮女侠不必靠演技。

周迅也喜欢参加慈善活动，到乡下教育贫困儿童。周迅形容小孩子们第一次看到一桌子的菜，两只眼睛水汪汪，感动得快要淌下眼泪，她一面说一面扮演，神情像到极点，注定她是吃这一行饭的人。

谈论摄影
——给周润发的一封信

润发老弟：

报纸周刊上报道你对硬照摄影很感兴趣，但从不见到你的作品。今天，到 Hair Culture Cafe 吃中饭，老板 Billy 介绍说墙上有一幅你拍的照片，是个瑞士钟，只剪取了一部分，构图优美，光暗调和，看得出你有一对尖锐的眼睛，很有天分做一个好的摄影工作者，勉之勉之。

我也喜欢硬照摄影，但看的比拍的多，自然眼高手低。我的书法老师冯康侯先生说过："眼高，至少好过眼不高。"我只能用一个业余爱好者的身份，和你分享我学习摄影的经验。你我都忙，见面时间少，还是写一封信给你吧！

从十五岁开始，借了父亲的 Rolleiflex 双镜头反光机到处乱拍，自己冲洗菲林，然后在黑房中放大。

记得那台放大机拉得多高，也不够我要的尺寸，最后要把镜头打横放映，照片纸贴在墙土，感光过后用布浸湿显像液涂之。看见那一幅幅的形象出现在眼前，感到无限的欢乐。

所以说，拍照只是一个前奏，冲印才是真正的做爱。

当今的摄影爱好者都不显现和放大了。黑白还容易自己动手；搞到彩色，则非托专业黑房人员处理不可。我要说的是即使不亲力亲为，也要站在旁边看一幅心爱的照片的诞生，才算完美。

任何一种艺术都要先利其器，我认为拥有各种摄影机和镜头，不如先选一个机身，一个镜头。摸熟之后，成为身体的一部分，好过拈花惹草。

我的首选是 Leica M3，加上一个 90mm Tessar 镜头。我认为这两种东西的配搭是天衣无缝的。莱卡的对焦不易，但久了就能控制；而那个镜头，我曾经用来拍老虎，每一根胡须都清清楚楚。

一般人拍完后交给冲印公司，只洗些明信卡大小的照片，那么买名贵相机干什么？任何傻瓜机都足够应付矣！

我用 90mm 镜头，因为我喜欢拍人像，你有了工具之后，就要选择在摄影上走的是哪一条路了。

虽然一幅经典之作会影响我们的兴趣，但我始终觉得是个性使然。个性由遗传基因决定，天生也。

静物总是入门，风景也是最初接触的对象。常笑自己当年看到海边的一条破船就拼命拍它，英语中对这种现象叫为 Boat In The Mud。

除了那幅钟，我没看到别的，不知道你的爱好是在哪里，静物和风景局限于光与影，要追求风格，这两种对象是难以满足的。

要走哪一条路很容易决定，看大师们的作品好了。

Robert Capa 的那幅中枪死亡之前的兵士照片，令你震撼的话，就当战地记者摄影师好了。任何地方有天灾人祸，都是你的机会。

抱着婴儿，两个小儿女依偎着的母亲，那种无奈表情虽然没一滴泪，但充分表现人间疾苦，是 Dorothea Lange 的作品，看后令人想当义工。

但是人性也有另一个角度的描写，像 Cartier-Bresson 的那幅儿童，为父亲买了两支大红酒捧着回家的照片，对人类是抱着充满希望的。

大家都会记得 Harold Edgerton 的那一滴牛奶变成一个皇冠，和 Man Ray 发明的叠浮雕摄影。这又是另一派了，他们走的是技巧而不是内容。不过，任何新技巧一被用上已变旧了，也是学我者死的路。

人体摄影总是有幻象的空间，Frantisek Drtikol、Franco Fontana、Toto Frima、Helmut Newton 都是佼佼者，他们对裸体的着魔，变成了艺术。

观察你的个性，人体摄影似乎对你无缘，你也已经超越了抛头颅洒热血的阶段。人像，还是你最好的选择。

你有拍人像的条件：自己是名人，要请什么人拍，大家不会抗拒你。人的表情千变万化，实在有趣。

当然我讲的不是什么加了数层纱，拍得的美化次货，而是把对象的灵魂都能摄出来的作品。

人像摄影也有危机，那就是大家都记得你拍的人，忘记是谁拍的，像 Che Guevara 的照片就是例子。

但也有不管对象是哪一个名人，一看就知道是什么人拍的，像 Yousuf Karsh 的丘吉尔、Phillippe Halsmah 的达利和 Margaret Bourke-White 的甘地。

拍人像也不一定要在影楼进行，Karsh 就最喜欢在人家的工作环境之下拍，因为那样，对象才更放松。而放松是拍人像的秘诀。老明星 Gloria Swanson 有两张照片，一张是老太婆，一张看起来不过四十左右，前者是她刚遇到摄影师，后者他们做了朋友。你老兄人缘好、朋友多，合作对象无数，再也没有比你更好的人选。

一个人把头钻进一种工作，看东西就不立体了。我看过许多电影人说来说去还是电影，久了就刻板无趣，你选择了摄影，我为你高兴。

最后，是成家的问题。学一样东西，众人都想成家：画家、书法家、篆刻家和摄影家。这都是精神负担，到头来成不了家的居多，我们爱上一种东西，只管爱好了，成不成得了家，又如何？百年之后的事，与吾等何关？管它干个什么鸟？

祝福

蔡澜顿首

《回首一笑七十年》序

二十世纪六十年代末期，我在日本半工半读，担任邵氏机构的驻日本代表。一天，公司来 telex（这种通信方法相信当今的年轻人听都没听过），说有三个香港女子要来东京，让我照顾，我可真的不知道如何"照顾"法。

第一个是郑佩佩，第二个是吴景丽，第三个是原文秀。佩佩当年红极一时，不用介绍。吴景丽是片厂中的演员训练班学员，而原文秀则是原文通的妹妹。

安排了她们三人的住宿和芭蕾舞学校，之后便带她们去吃吃喝喝（当年已拿手）。和我们一齐去的还有我日本大学的一位同学叫王立山，山东人，日本华侨。大家都年轻，拼命认老，我叫他老王，他叫我老蔡，佩佩从此也学他叫我老蔡，至今真的是老蔡了。

和她聊天，发现是一个很有抱负的女子，我们都很有理想，很谈得来，就成了好朋友。三人学成回去，我到香港述职时，佩佩一直陪着我，当年的狗仔队未流行，在八卦杂志中也未出现过佩佩未婚夫的照片，有记者见到，还以为我是原文通呢。

回到日本，我学的是电影编导，香港电影来日本拍外景的工作，也自然而然地由我负责起来，又和佩佩见了面，当时她是来拍《金燕子》的外景。张彻一心一意地想拍性格刚强的男人戏，金燕子这个角色由胡金铨的《大醉侠》承传，本来应该写她的，但剧本逐渐改动，戏变成放重在白衣武士的王羽身上，佩佩向我暗暗诉苦，我也曾经向张彻提出，我的权力不大，当然不受理会，无可奈何。

后来罗维又和佩佩来日本拍雪景，是一部叫《影子神鞭》的戏，罗维是大导演，在现场躲了起来，文戏叫副导拍摄，打戏交给武术指导，我年轻气盛，认为导演不在现场，就像战士抛弃了武器，和他吵了起来，差点给罗维当年掌握大权的太太刘亮华炒鱿鱼，佩佩做和事佬，香港方面又不允许，才保了下来。

一九七〇年大阪举行世界博览会，我去拍纪录片，在美国馆中展示了最有权威的杂志《Post》中名摄影师所拍的世界最美的女子一百人，中间有张佩佩的黑白照片，长发浸湿，双眼瞪着镜头，的确是美艳得惊人，记忆犹新。

一九七一年佩佩退出影坛，嫁到美国去，我们还一直保持书信联络，她的字迹，完全不依常理发牌，字忽大忽小，一个字可能占了数行，也许只有我看得懂，哈哈。

在美国，她当了一个贤妻，为原文通生了一个又一个的女儿，但原家希望有个儿子，佩佩不断地生，我们这些老友都说够了吧，够了吧。终于,生了个儿子,大家都替她舒了一口气。

在美国的那些年,只知道她顶下一家人的生活,又去做什么电视的小节目,又去教人跳舞,再是做什么地产经纪,没听过她先生做点什么。

又一年,她说先生要经营杂志摊,要我在香港寄刊物给他们去卖,我当然照办,长时期运了不少过去,但后来也没有了声息。

有一次,我去了加州,佩佩也老远跑来见我,两人在友人的游泳池畔聊至深夜,年轻时大家想做的事,和现实生活中还是有距离的。

后来我们书信在不知不觉中疏远了,听到她和夫婿离婚的消息,经过一段长时期,永远有无穷精力的她,回到香港来了。

我们又见了面,这时她笃信佛教,大概也只有宗教可以解答她人生的困扰,佩佩一身教徒的简衣便服,真是有"尼"味,后来更是居住在佛堂中去了。

在一个电台节目之中,我们两人出现为嘉宾,听到她发表的宗教理论,也不是我这个又吃又喝的凡人可以理解,只是默默地祝福她。

在李安的《卧虎藏龙》中又见到了她,佩佩很安然地接受反派的,也不在乎年老的角色,这是她一向敬业乐业的精神,电影得到认可,要佩佩拍的戏也越来越多了。

忽然在报纸上看到她摔断了腿,为什么这些悲剧,出现在娱乐版上呢?真为她心痛。这个人就是那么刚强,年轻武行没有拉威亚的经验,拼命叫佩佩姐,上吧,上吧,她就上了,唉!

一生，好像是为了别人而活的，最初是她的母亲，一个名副其实的星妈，干劲十足。后来又为丈夫，到现时还不断为子女，佩佩像她演的女侠那么有情有义，胡金铨导演在加州生活时的起居，他死去了的后事，她都做得那么足。邢慧在美国被判刑后，佩佩为她四处奔跑，又常到狱中探望。两人在邵氏期间不是很熟，只是个同事，佩佩也做尽身为同乡的一分力量，实在是可敬的。

现在，她要出书，我起初是拒绝她的写序要求的，因为可能涉及一些她不爱听的往事，佩佩在微博中回复我："你爱怎么说都行，都一把年纪了，有几句真心话能听到呢？"

此为序。

李翰祥

终于，我和向往已久的李翰祥有合作的机会了。

在当学生时，看过他导演的一部黑白片叫《雪里红》（1965），戏中的说故事技巧，场面与镜头的调度，节奏的紧密等，都是跨时代的，超出一般的幼稚国产片，对他十分佩服。认为中国电影一定有机会在国际影坛上站得住脚。

李翰祥曾在北平艺术专科学习油画，又在上海戏剧专科学电影，可以说是科班出身；来了香港之后从美工做起，又有机会拍了不少低成本的制作，到了《雪里红》时才真正得到重视。

当时，内地出现了黄梅调电影，歌词和音调都极容易上口，给香港片子从来没有的冲击，李翰祥向六先生建议照样借用，结果拍出了《江山美人》（1962），片子大获成功后乘胜追击拍出《梁山伯与祝英台》（1963），更是疯魔天下的华人观众，非但在新加坡、马来西亚大卖特卖，在台湾评金马奖时，如果这部片子得不到奖的话，会引起暴动那么夸张。

李翰祥当然被捧到天边去，接着他破坏与邵氏的合约，到台湾拍戏与邵氏打对台，这都已成为历史，各位有兴趣可以翻查电影资料。

我要讲的是这么一个人，六先生是否恨之入骨，永不录用？当他在外面失败后，回头来求六先生再给他一个机会时，方小姐当然大力反对，但六先生就是有那么大的气度，把他请了回来。

那时他在邵氏片厂大兴土木，搭了整个古装市镇，小桥流水，一意要重现《清明上河图》中的繁华，六先生毫无异议地批准那么大的工程，在摄影楼的旁边把一整条街搭了出来。

"翰祥就有那么大的本事，"六先生向我说，"你让他搭什么布景，他都可以一点一滴地拍出来给你看。"

是的，六先生是爱才的，他更爱电影，为了拍好戏，他什么钱都可以花，什么人都可以原谅。

"那么不是违背原则吗？"我问他，"做人总不可以没有原则呀！"

"我才有原则。"六先生宣布，"我的原则，是没有原则。"

李翰祥的长处，是他的文学修养，他和张彻一样，是把文字化为形象，是第一手的，不像那些不看书的导演，他们的形象，是从别人的形象得来，已是二手形象了。

在《风流韵事》（1973）中有三个故事，其中之一是《赚兰亭》，他将绘画中的意境充分表现，我认为这是中国电影的经典。李翰祥也有强烈的表演欲，岳华演的萧翼，简直是李翰祥本人的化身，萧翼的举手投足，每一个表情都由他教导表现出来，我认识岳华数十年，知道这个角色没有了李翰祥的示范他是演不出的。

和李翰祥的交往，记得最清楚的是他导演《大军阀》（1972），有一个镜头，狄娜不肯演，说李翰祥事前没和她说好要这么拍，李翰祥则坚持说事前已说好的。两个人都说自己没错，整个摄影棚上万个员工都停下来，不知怎么解决。结果六先生叫我去说服她，我只好硬着头皮走进狄娜的化妆室，向她说道："你们各有道理，谁是谁非我管不了，可是整组人没工开，都是你们两人害的。"

狄娜听了有点犹豫，我接着说："导演说只要拍个背影，西班牙国宝果亚也画过那么一幅画，画得美，也不觉肮脏。"

结果说服了她，李翰祥大概欣赏我这个小子有两把刷子，又在文学和绘画上和他谈得来，从此合作愉快。

拍了一大串的风月片，李翰祥替六先生赚了不少钱，也证明他收李翰祥回来是没有错的。后来李翰祥得了心脏病，差点死掉，六先生花了巨款，送他到美国去开刀，捡回了一条命。

病愈后的李翰祥继续为邵氏拍了《倾国倾城》（1976）和《瀛台泣血》（1976）等宫廷片，让没有去过北京的观众感叹他搭出来的布景是那么真实。

布景越搭越大，花钱如水，李翰祥所要的，都能跳过方小姐成立的"采购组"，直接由六先生批准，方小姐屡次向六先生投诉李翰祥不给她面子，一唠叨起来就是一个多小时。

那些场面都是我亲眼看到的，六先生有一个习惯，就是听电话时喜欢把那条卷曲的电话线拉直，然后不断地捏弄，方小姐越投诉得厉害，他捏弄得就越剧烈，一方面皱着眉头，说知道了、知道了。

为什么要忍受这些，也是他们两人的事，我在旁边看，也解决不了六先生的烦恼，只感到女人是厉害的，她们一点一滴都记得清清楚楚，什么大小事都能从头到底不厌烦地投诉，而男人只能听、听、听。

终于宫廷片、风月片都像六先生说的，观众像野兽一样地贪新忘旧，从来不看制作预算的六先生，经由方小姐手中交来一叠叠的账目让他审视，加上当年片厂中谣言满天飞，说李翰祥把戏中用的古董道具都占为己有等，六先生到了最后，也只能让这个老将离开他的身边。

甘棠欢宴

过年前，北京官也街的老板法兰奇和他太太玮玮来港，大家已经整整三年没见面了，到北京时，常让他请吃火锅，这次得好好吃餐特别的。

法兰奇抱着饱满的肚子回澳门，在船上发了一则短讯，说我让他吃了邪恶的一餐。

这印象来自各种肥肉，但还有老师傅精心炮制的传统粤菜呢？而说到老广东料理，怎能没有汤呢？

那锅最平凡的"西洋菜煲陈肾"上桌前，伙计先捧出煲汤剩下的食材，我们叫"汤渣"的，堆积如山，真是以本伤人，大家先哇的一声叫了出来。

仔细一看，由几尾共一斤量的牛鳅鱼，半斤重的梭罗鱼，一斤猪，两对共四个干鸭肾，七斤西洋菜，一个半小时继续煲煮。

这时把西洋菜捞起，用搅拌机打碎，隔掉渣，再回锅去，以慢火炖出来。这么一来，西洋菜汤才够浓，当然还要放十二年以上的陈皮。

这汤喝了一碗再一碗，说是邪恶，喝个不停才是邪恶。

这餐是与好友法兰奇说为邪恶的菜是在"甘棠烧鹅"吃的，广东人和北方人不同，先喝汤肚子才不涨肚子，相反过来的话，太容易饱。

用西班牙肥猪风干，拼鹅肝肠，腊肉首选肥的部分，大家一块吃完以后又一块，太好吃了。

接下来的"松子云雾肉"，承继李渔食单失传的"烟熏五花腩"做的，拿出来时，肥肉还一直在颤动，当然又是比瘦肉更美味的部分。

更上一层油，菜名叫"甘一刀叉烧"，选梅头肉，在长条的顶部分切一刀，烤成叉烧，是该店名菜。"金钱鸡"以古法炮制，一层肥肉、一层鸡肝、一层叉烧，以串烧形状烤成。

我叫菜时总觉一个汤不够，再来"昆布海草水牛皮大生熟地汤"，食材照样堆积如山，煲出黑漆漆的颜色来。

这个汤别说年轻人没喝过，连名也未闻，所有老火汤都有药用效果，此汤提供大量的碘质，可治"大颈泡"，我们则只求好喝就是，的确美味。

最后上"烟熏茶叶海中虾"和捞面，完美收场。

让给老友

往年这个时期一定不在香港，去得最多的日本温泉区，有众多的选择，我最喜欢的还是福井县的芦原芳泉旅馆。

一团人去，每一间房内必有私人风吕，才算公平。当然大浴场有好几个，不过随时浸泡还是最高享受。

旅馆好，要有美食配套才行，农历新年这个季节中的"越前蟹"为日本最高级，不卖到其他县去，只能在这里吃。

先来道螃蟹刺身，那肥肥胖胖的蟹脚，开出花瓣般的纹路，最初我还以为是师傅的刀功，去多了才知道，只要在冰水中一浸，即有这种效果。

接着是各种做法，一人一只大的，吃个不停。牡丹应有绿叶陪衬，配螃蟹的是"三国甜虾"，也是不出口的，一吃难忘。

去多了，和女大将混得很熟，不见面也常通信，她总是把最好最大的那间房留给我，我则坚持给好友们住。

推推让让，嘻嘻哈哈，又过了一年，要到明年才能成行吧？当今还是不稳定。

奇趣之人

葛治存

在新加坡打牌时，有老友 Steven 谢，当年他和我一起到过日本留学。弟弟和弟妇两人车轮战，一个疲倦了由另一个代替。弟妇虽是日本人，也能打中国麻将，速度慢点而已。

另一个搭子就是葛治存了，最初由画家友人介绍给我们，她刚由中国被聘请到新加坡当篮球教练。一见此姝，大家都吓得一跳，她身高六呎，但分布得均匀。

画家是个好麻将脚，不过身体有病，有次摸牌摸中了一筒，糊十三幺，他紧紧抓着牌不放，全身僵硬，就那么倒了下去。

叫救伤车来把他抬走，好彩无事。后来再打数次，故病重发，就不敢再和他战了，换上葛治存登场。

她在新加坡定居下来之后，因为喜欢运动，后来打高尔夫球，也得心应手，从业余打到变成职业，颇有名气，也开班教人打球。

当今她把这些心得写成一本书，由如何挑选用球棒，以及穿什么衣服入场打球最为舒服，哪里的球场最好，连化什么妆等，都一一记载，是本高尔夫球入门的最佳读物，尤其是女性，非读不可。

许多人都可以将人生经验写成书，但可读性不高，那是因为作者的个性使然，沉闷的，写什么也读不下。葛治存的个性开朗，受了挫折也不哼声，要知道一位来自中国的女子在外国，要打出名堂来不易，她竟然一一克服，也是拜赐于她那种随遇而安的人生态度。

一次在吉隆坡和倪匡兄演讲，巧遇葛治存，她平常比一般人高出一个头，较倪匡兄，要高出三个来。倪匡兄仰首望她一眼，向我说："要请保镖的话，不作第二人选。"

笑得葛治存花枝招展，但在打麻将时她也偶尔透出心声："那么高，男人都有自卑感，不敢碰我。"

葛治存至今还是独身，喜欢高头大马的，快追吧。

何妈妈

奇怪吧？我也有过一位星妈。

当我很年轻，很年轻的时候，监制过一部叫《椰林春恋》的歌舞商业片，全部在马来西亚拍摄，没有场景。

女主角是当年最红的何璃璃。

电影、生活照看得多，本人没有见过，由公司派来。

听到关于她的消息，不够她妈妈多。

何妈妈是最典型的星妈，而当年的星妈，集经理人、宣传经理、保姆于一身，其权力和势力，绝非当今影坛所能想象得到的。

电影圈中人，都说璃璃很随和，没有架子，亲切可爱；最难搞的，是何妈妈。

年轻时天不怕地不怕，兵来将挡，何妈妈会有什么三头六臂？

我们先到，把外景地看好，接着便打 Telex 回香港，那边说由新加坡登机，晚上某某钟点抵达。

在小地方拍戏，大明星来到，是件轰动到可以调派政府军地步的事。我们的车辆直驱机场跑道，去迎接她们母女。

螺旋桨的小飞机抵步，舱门打开，机场工作人员把扶梯推近，走出来的第一个人，便是何妈妈，她一身白色旗袍。最受注目的，也是印象最深的，是她戴着的白帽子，是貂皮做的。我的天，在南洋的大热天中！

接着是璃璃。记者的镁光灯闪个不停，何妈妈向各位微笑挥手，做足国家元首状。璃璃的样子依稀可在妈妈脸上看到，只是妈妈很瘦，变得脸有点长，两只腿露在旗袍外，像鸡脚。

我这种小监制，当然不看在眼里，没打招呼。

一路回到旅馆，门外已挤满了影迷，至少上千人，根本就走不进去。当地警察开路，影迷不肯退让，只好用卡宾枪的枪柄来撞，看到有些人被打得鼻青脸肿，还一直呼喊着璃璃的名字。

等到深夜，终于得到何妈妈的召见。

已卸了妆，脸色有点枯黄，头发短而松，脱了帽子的关系，凌乱得很，样子实在吓人。

把手上那本人手抄写油印，封面四个大红字的剧本放在桌子上，何妈妈施下马威："你知道吗，我们璃璃，是当今公司最宝贵的资产？"

"唔。"我回答，"怎么啦？"

"你难道没有看到，剧本上有一场在海边游泳的戏？"

我以为何妈妈要反对璃璃穿泳衣，但又不是。

何妈妈说："你这个当监制的，做好准备了没有？"

"什么准备？"我给她弄糊涂了。

"海里有鲨鱼呀！"何妈妈宣布，"万一我们璃璃被鲨鱼咬到怎么办？"

"浅水里哪来的鲨鱼？"我反问。

何妈妈翘起一边眉毛："你能保证？"

"这种事怎么保证？"我也开始脸红。

"所以问你有没有做好准备呀！"何妈妈的声音也越来越尖，"你可以叫人在外面钉好一层防鲨网呀！最少，你也应该准备一些鲨鱼怕的药水，放在水面，鲨鱼才不敢来咬我们璃璃呀！"

已达到不可收拾地步，我爆发："这简直是无理取闹，你们璃璃要拍就拍，不拍拉倒！"

这时候何璃璃走了出来，没化妆，还是那么美艳。她一句话都像撒娇："妈，那么晚了，快睡觉吧，明天一早拍戏，蔡先生还有很多事要做，别烦人家了。"

何妈妈才罢休，临行狠狠地望了我一眼，尖酸哀怨，令人不寒而栗。

倒祖宗十八代的霉，隔天就要拍这场游泳戏。

摄影组拉高三脚架，灯光组打好反光板，男主角、导演、助导、场记一群人都在那里等待，但女主角不肯下海，就不肯下海。

璃璃穿着蛮性感的泳衣，身材一流，好莱坞明星比例都不够她好。

但是没有妈妈的许可，她不能动。

快把大家急死的时候，我领先脱了衣服，剩下条底裤，扑通一声，跳下了海，向何妈妈说："鲨鱼要咬，先咬我！"

众人望着她们母女，何妈妈最后只有答应璃璃拍这场戏，璃璃望着我，笑了一笑，好像是说我有办法。

之后整部戏很顺利地拍完。何妈妈也不像想象中那么难应付，她出手大方，差不多每天都添菜宴请工作人员。

杀青那晚，大家出去庆祝，我留在酒店中算账，从窗口望出，见何妈妈一个人在走廊徘徊。

原来何爸爸也跟着大伙来拍外景，而何爸爸在吉隆坡有位情人，临返港之前和她温存去也。

我停下笔，走出去，把矮小枯瘦可怜的何妈妈抱在怀里，像查理·布朗抱着史努比，何妈妈这时才放声大哭。

"我的儿呀！"她呜咽。

从此，我变成何妈妈的儿子，她认定我了。

电影圈中，我遇到任何困难，何妈妈必代我出头，百般呵护。何妈妈虽然去世得早，我能吃电影饭数十年，冥冥之中，像是她保佑的。

奇人

朋友之中，不少奇人，阿 So 是其中之一。

一头长发，衣着随便，生性温和，张毓凯兄对风水、占卜、掌相和拆字等无一不精通，而且准确得要命，但他谦虚得很，自称不过尔尔，故取英文名字 SoSo，我们一直叫他阿 So，最近才知道他的中文名。

"千万别说是听过我的话才做，不然会让人笑的。"阿 So 说，"像我们这种天生有点高感触的人，世界到处都有，当成另一个角度来看事情好了，没什么大不了。越有知识的人越不能告诉别人，像美国总统里根的老婆到处说有灵媒帮助她，就变成一个大笑话了。我做事，一向以好玩为主。"

我第一次听阿 So 兄这么说，就对他产生十分好感，知道他和一般自吹自擂的人不同，也从来不告诉我某某人给他看过，怎么怎么灵验等令人讨厌的宣传。

找阿 So 兄的人多数在精神上有些困扰，不管是事业上或金钱上，他都能一一指导。这都是他们不想告诉人的事，准不准各自心里明白，但我亲眼看到之后觉得他们的笑容多了一点。

"与其看心理医生，不如来和我聊聊。"阿 So 笑着说。的确，我们的思想还是落后，不肯找医生分析，以为去了就是发神经病的例子居多，阿 So 的一席话灵也好不灵也好，总有一个方向，心中好过，人就轻松了。

从前的事，我比你清楚；今后的事，我不想知。这种态度也对，要看你做人有没有自信心了，一旦迷惑，产生苦恼，听听也好。

尤其是爱情的问题，阿 So 是一个专家。我想到有许多嫁不出去的女人，就想到他。那天和阿 So 吃饭，建议不如我们两人来开个迷你婚姻介绍所。阿 So 听了说："好玩，好玩。不过要强调不一定准。"

小李哥

开珠宝行的小李哥，四十多岁，拥有仨千金，不，不，应该说仨千金拥有他。

六、七、八岁的三个女儿，个个长得精灵可爱，拍起照片来剩下三对大眼珠。父亲的，却看不见了。

母亲也是个美人坯子。一头长长的秀发，看起来像位少女，多过已有三个女儿的家庭主妇。

祖母早年留日，是位日文翻译学者，已有数十年未返母校，最近兴起，到东京一游。小千金把往年储蓄的利息钱全部拿了出来："嬷！尽管用。"

三千金各有不同个性，大的文雅好学，自己制作 CD 在国际比赛得奖。老二好动，有志参加太空计划。小的什么都不在乎，自得其乐。

到了夏天，小李哥答应带三千金去海边游泳，但三番四次因公事而不成行。

"爸，最好不必回家了。"小千金说。

"这个家，是爸爸的。"小李哥抗议。

"那么我搬出去住。"小千金收拾行李。

吓得小李哥脸青，从此不敢随便答应千金们的要求。

所以说，不是小李哥拥有三千金，是三千金拥有他。

仔细分析小李哥的生平，也看得出他是把自己分成三个部分，放在三千金身上。

他是一九七九年才从北京来到香港，父母曾经被关过牛棚，一家六口，分六个地方生活。平日刻苦自学，但因家庭背景而考不进大学，一气南下。

在关口因为不识粤语，等到天黑还轮不到，上前查问才知已经被叫而听不出自己的名字。这种下他一定要把语文学好的根子，当然很快地摸清广东话，在一家日本旅行社当打杂之后，又想到去日本学日语。

钱从哪里来？小李哥在北京时认识了多位画家，拥有一幅心爱的李可染《五牛图》，忍痛拿去卖，得到了两万八千块就上路了。

学成回来，做游客生意，大家看他老实，和他合伙开了一家很小的珠宝店。小李哥开头对珠宝没有经验，初期向供货商拿货，声明在先。

"我是外行的，你们不要骗我。"和他的小千金一样要求信用，小李哥说，"你们如果骗我一次，下回我学精了，你们便没有我的生意做。"

凭着虚心、勤奋及诚信，珠宝行越做越大。但也没有忘记清雅，收集了不少名画。

其中有白石老人之《七鸡图》。一九三七年七月七日，日军侵华，齐白石不怕威逼，不再画画。日本战败，齐白石已八十岁，画了七只鸡，谐音七七。在画中，写道："芦沟有事后无画兴，今秋翻陈案矣。"

书法家启功来香港，小李兄请他到家中做客，席间拿出画来，启功眼睛一亮，高兴之极，欣然在七鸡图上题跋："此集萍老人兴会极高之作，盖卢沟桥变后，水火之中，虽时弄翰，宁有佳兴。此幅题云今秋翻陈案矣，乃指敌寇投降。画中史料可宝也。"

小李哥做的是日本人生意，但是国归国，家归家。自己永远放在其次，虽然极爱这幅有珍藏价值的作品，还是将《七鸡图》捐给中国人民抗日战争纪念馆。

不过，卖掉的《五牛图》还是在小李哥脑中晃来晃去，十年之后，有人带来一张李可染的画给他鉴别，他一看就傻了，拿了一张空白的支票，签上名，要画廊出让。还算画廊主人有良心，加了一个零罢了，卖二十八万块，《五牛图》回到小李哥身边。

之后，日本旅客减少，小李哥一来香港就服务的旅行社越来越做不下去了，拼命向他的珠宝行赊账，他明知收不回也不出声。在倒闭的那一天，我们刚好一起旅行，他的心情，比那一家旅行社的老板还要悲伤。

小李哥做人几乎没什么缺点，喜欢穿名牌罢了。一身 Ferre 西装，

Testoni 鞋子，只是爱着白袜子，有点不衬。听说他内衣裤也要白色，我没看过，不知道是真的还是假的，个人所好，不用置评。

还有就是最讨厌鸡脚。

一块儿饮茶，看到鸡脚他即刻走开。

肉本身倒是没有问题，照吃。什么白切鸡、豉油鸡，他还来得个中意。

鹅掌、鸭掌，也可以接受。总之，不能有鸡脚，喝广东人的炖汤，喝到一半，一只鸡脚浮了上来，他忽然整口喷出，溅得满场飞。

小李哥原本是旗人，属黄旗。国字脸，平头比董建华长一点。人很高大、黑实、敦厚，百分之百的北方大汉，笑起来和那三千金一个饼印，非常可爱。

未娶小李嫂之前，许多香港女子为他倾倒，他也约会了几个。

其中一名，已到亲热程度，一天，他们共餐，女的大啃鸡脚，小李哥从此不和她来往，让她栽得不清不楚。要是这位女士看到了我写的这篇文章，十年之后，终于真相大白吧。

文西

看了匈牙利和葡萄牙两集饮食节目的观众，都很好奇地想知道，我带去的那位四川女子，是怎么样的一个人？她的名字叫文西。

"一向和你同行都是职业厨师，文西在哪一家餐厅做事？"杨峥问我。

我摇头："她不是师傅。"

"那么她是餐厅老板？"

"也不是。"

"何来的资格？"

"会吃的人就会烧菜。看母亲做，又向餐厅大师傅偷师，就学到。"

"但是，节目里，要和当地的名厨较量的呀！"杨峥说。

不错，我们到了布达佩斯，文西入厨，和匈牙利大师傅一起做菜，一点也没胆怯过，从从容容得到大厨赞赏。来自四川的她，在匈牙利更得优势，两个地方的人都吃辣，一种食材煮出两样辣的文化，各自精彩。

"你没想到会做得失败的吗？"杨峥问她。

"花心思的菜，像时时做给孩子们吃的，带着爱意，怎么会失败呢？"文西反问。

毕业后文西做过几年事，储钱在郊外买一小块地，种起花和菜来。很难想象身材那么娇小的女子种菜的样子，但相信她做任何事，都是全神贯注的。

后来在报馆写饮食批评，也不是受过训练，她拿起笔来就学，是从小爱看书的结果。她爱尝试，吃尽大江南北，对食物有浓厚的热爱，看法也很独特，对自己也很诚实，不卖账给餐厅，大家都记得她的笔名"饮食小魔女"。

"单单看过她的文章，就知道是怎么样的一个人？"杨峥问我。

"小说可以隐瞒，散文最能看得出作者的性情，我和她又谈过一次，确定了看法没有错。"

"会写吃的文章，也不一定会烧菜的呀！"杨峥叫了出来。

我笑着说："我就是一个例子！"

玲姐

回来，按照自己生活的小圈子，散步到九龙城街市。人，总要吃。能够买点菜，做自己喜欢的，是种幸福。

菜市场中最大话题是：在中秋节内地有无鸡鸭到港，如果有，卖多少？

这种消息，电视台和报馆记者第一个访问的，就是"周华记"的玲姐了。

"生意有没有影响？"记者问。

其他的鸡鸭档档主一定大吐苦水："这么迟才运到，当然卖少了很多，价钱又贵，谁来光顾？"

问玲姐，她笑着："今天一早听到有鸡供应的消息，马上多进两百只。"

"卖得完吗？"

"家庭主妇总得有鸡才算过节，你别看她们平时一毛钱也讨价还价，中秋这一天，再贵，也舍得。"

这就是开朗的个性，和悲观的不同了。玲姐一直保持笑容，在街市做生意，也要穿得颜色鲜艳，花衫配着花裤，穿了一双胶质的长靴，是不衬，但鸡鸭得涉水，不可穿皮鞋。

头发梳起，发夹红的黄的绿的。玲姐还喜欢戴耳环，正式地穿了洞，最初一个，后来又一个，耳环当今有七八个之多。

一个星期没看过她休息一次，实在勤力，佩服得很。

我不太爱吃鸡，认为所有肉类之中，鸡最没个性，但是也偶尔到玲姐处，要了一只老母鸡回家煲汤。她要算便宜，我不肯，握着纸币，大家推来推去。

小小的盈利，辛辛苦苦存了些钱，数年前有一家卖海南鸡饭的，账赊了又赊，最后恶性倒闭，又去开一家新的。欠了玲姐的钱，当然也不还，损失至少几十万。

玲姐又笑："每天还有买卖做，又没饿死。算了，没什么大不了的。"

街市中人也能那么豁达，你我有什么看不开的？

力奇

力奇（Ricky）本名是什么？我从来记不得，只是力奇、力奇那么叫他。

认识力奇，是当他在从前湾仔的一家酒店的西餐厅当主厨的时候，那家餐厅很小，只供应入住的洋客人吃饭，也不志在赚钱，却让力奇充分地发挥他的才华。

法国菜做得不错，意大利菜也拿手。力奇的西餐，是把食材用西洋做法烹饪罢了，没限定是什么地方的菜。

个子不高的力奇，样子英俊，看来只有三十多岁，其实他从年幼入行，已有三十年的经验。他和我有共同的嗜好，那就是喜欢喝意大利的烈酒果乐葩，那家餐厅也大方，让他一面做菜一面免费地喝酒。一醉，厨艺更是大增。

我们的另一共同点，是看到市场上有什么新鲜的食材就烧什么菜。这次请他来参加我们的节目，是负责一个重要的环节：同一种东西，由东西厨师做出来。

在汕头时，他表演了螃蟹的西式做法。这回来顺德，当然采用当地最地道食材水牛奶。

顺德大厨做得最好的是大良炒鲜奶，用适当的茨粉混入奶中，往一个相同的方向炒，这么一来才不会一塌糊涂，最后加入了爆香的榄仁。

事前力奇和我在菜市场走了一圈，他看到肥大的鲇鱼，知道意大利菜中也有这么一道，就决定了。另外买了一些新鲜剁碎的鲮鱼肉，他说："外国也有酿鱼的。"

鲇鱼割肚，塞入鱼碎，西厨做法，只用一条绑病人的纱布，将酿好的鲇鱼团团地捆住，放进热奶中去滚。过程还有些复杂的程序，等大家看节目时欣赏好了。

我也参加了一份，在潮州时看到林自然做的蒸豆腐，就想起姜汁撞奶的方法，以奶代替豆腐，但事前一点把握也没有，不知道用盐的话，撞不撞得出来。结果还是成功的，大家看得开心，我则一头冷汗。

力奇试过说还可以，才放了心。

烧鹅先生

今夜又在中环的"镛记"设宴。

老阖甘健成先生和我有深深的交情，常听我一些无理要求。为了答谢参加过我的旅行团团友，每次都在甘兄的餐厅举办大食会。菜式非特别不可。

第一次和甘兄研究金庸先生小说中的菜，只听过没吃过。做不做得出？

"试试看，试试看。"是甘兄的口头禅。

做出来的结果，令人满意。唯一不足的是"二十四桥明月夜"。书上说是黄蓉把豆腐镶在火腿中给洪七公吃的，简直不可思议。经三番四次地商讨之后，我们决定把整只金华火腿锯开三分一当盖，用电钻在余下三分之二的肉上挖了二十四个洞，再用雪糕器舀出圆形的豆腐塞入洞里，猛火蒸之八小时，做出来的豆腐当然皆入味。客人只食豆腐，火腿弃之，大呼过瘾也。

这席菜后来也搬到台湾去，为金庸先生的座谈会助兴。

之后我又出馊主意，向甘老板说："才子袁枚写的《随园食单》也都只是听闻，要不要办一席？"

"试试看，试试看。"他又说。

当晚客人留下最深印象的是"熏煨肉"，食谱写的是："用酒将肉煨好，带汁上。木屑略熏之，不可太久，使干湿参半，香嫩异常。"

甘兄依足古法，做了三次，我前来试过三次，才召集好友。"熏煨肉"分十小方块上桌，一桌十人，每人一块，早知一定有人叫"安可"，已做了另一份，大家又一口吞下，第三次要吃，已经没了。

最后这一回是临时举办的，没有时间试做试吃。要做些什么才好？我给甘兄三天去想。

不到三十分钟，他已写好一张菜单传真过来。一看：菜名抽象得很，像"风云际会迈千禧""红雁添香""萝卜丝鱼翅""徽州鱼咬羊""顺德三宝""玉环绕翠""银丝细蓉""佛手蟠桃""菱池仙果""上林佳果"。

"我有把握。"甘兄在电话上告诉我，这次，他连试试看也不说了。

"镛记"被外国名杂志誉为全球十大餐厅之一，不是浪得虚名。它的烧鹅出名，由一个街边档发迹，成为拥有整座大厦，都是靠一只烧得出色的鹅。但今晚的菜没有烧鹅，所谓"红雁添香"，是用"熏煨肉"的手法，把整只鹅卤后来熏的。未上桌之前先传来一阵香味，一下子被大家吞下。我巡视各处时，发现年轻人的那桌只吃肉，剩下鹅颈和鹅头，即刻向他们要了，拿到自己的座位上慢慢享受。

先将鹅头下巴拆了，吃肥大的鹅舌，味道和口感绝对不逊"老天禄"的鸭舌。双手轻轻地掰开鹅头，露出大如樱桃的鹅脑，吸噬之。

从前皇帝把鹅脑做成豆腐，以为是传说而已。"镛记"就有这种能耐，一天卖数百只烧鹅，取其脑制成，让我们这群老饕享受。可惜今晚人多，不能尝此美味。鹅颈的条状肉是纤维组织最嫩的。法国人也会吃，他们把颈骨头拆出，塞入鹅肝酱，再煎之，聪明绝顶。我想当今的法国年轻人也不会吃。

"顺德三宝"是哪三宝？上桌一看，平平无奇的炒蛋罢了。但一股异常的香味何来？出自礼云子。

礼云子是由每一只像铜板般大的螃蟹中取出的蟹膏。此蟹江浙人称之螃蜞，卤咸来送粥。蟹已小，膏更小。集那么多来炒蛋，奢侈之极。

另一宝是"野鸡卷"，是用糖泡肥猪肉三日，卷好炸成，吃时又肥又多汁。"金钱鸡"也和鸡肉无关，取其肝，夹了一片猪油，另夹一片叉烧烤成。

"鱼咬羊"，是把羊腩塞入鱼肚中炮制的。鱼加羊，成一个鲜字，当然鲜甜。用的是整条的桂鱼，我认为用鲤鱼效果更佳，甘兄称原意如此，只是前三天买不到活鲤鱼。因为要用清水喂这么一段时间才无泥味。

"萝卜丝鱼翅"是上次吃过《随园食单》中取过来的，一斤半肉煨一斤上汤，将萝卜切成细丝渗入翅中煨之。我向甘兄建议下次做，只用萝卜丝不用翅，我们这班人翅吃得多，不珍贵。全是萝卜丝当翅，更见功力。

"试试看，试试看。"甘兄又说。

最后的咸点还有"银丝细蓉"。所谓细蓉，是广东人的银丝蛋面加云吞，昔时在街边档吃时用的碗很小，面也是一小撮，碗底还用调羹垫底，让面条略略浮在汤上，才算合格。云吞则以剁成小粒的猪肉包的，肥四瘦六，加点鲜虾，包成金鱼状，拖了长尾巴。云吞要即包即渌，如果先煮好再浸滚汤的话，那鱼尾一定烂掉，今晚上桌的细蓉云吞完整，面条爽脆。我指出在街边一碗碗做，也许完美，我们十三桌人，共一百三十碗，碗碗都那么好吃，才叫细蓉。甘兄听了拥抱我一下。

"怎么没有腐乳？"客人问。

"饶了他吧！"我指着甘先生说。

"镛记"的腐乳是一位老师傅专门做给甘兄的父亲吃的，又香又滑，最重要的是：又不咸。

因为老人家不可吃太多盐分。上次聚会，我忽然想起，说要吃他们家腐乳，甘兄勉为其难把所有的都拿了来，吃得大家呼声不绝，但害老人家几星期没腐乳送粥，真是过意不去。

咸鱼王

区伟明长得矮胖，在山顶开的那间餐厅里忙得团团乱转，不认识他的生人还以为他是 Captain，哪知这个老板，本人还是位医生和药剂师哩。

"好好的工作不做，怎会想去搞餐厅？"我不客气地问。

他长叹了一声，娓娓道来："医生也是人呀，人喜欢吃吃喝喝，我也是有一晚和一班朋友喝醉了，大骂那些高档海鲜餐厅，侍应一看到客人，即刻介绍吃老鼠斑、鲍鱼、鱼翅和燕窝，你不叫这几样，就给你脸色看，想起来悲愤到极点。刚好朋友之中有个大厨，说看不惯的话，不如你自己来开一家，我越想越兴奋，第二天酒醒，跑去把要租给人的店铺推了。"

"你也搞地产的吗？"

"家族生意。"他说，"对方本来已经讲好做清汤牛腩生意，是个潮州佬，听说我临时变卦，什么甫母甫母的粗口都骂了出来。"

"那是在湾仔的店是吗？"我说，"地方很小。"

"就是嘛。"区伟明摇头，"我又没有登广告，开了之后，客人不进来就不进来，虽然我定的价钱合理，又真材实料，也只好每晚上坐前等后眼光光地等客。这一亏，亏了一千多万。"

"一千多万怎么亏法？"

"虽然铺是自己的，也要把租金打上呀，"他说，"加差饷、水电煤气、大师傅七八个、楼面洗碗等十个，人工和材料资金，一天要做三万块钱的生意才打和。我起初自信心强得很，以为一定做得到，哪知平均一天做不到一万，你想想，每天亏两万多，一个月亏六七十万，一年半下来，不是要亏上千万？"

"后来呢？"

"我的宗旨是保持水平，不偷工减料，自然有人认同，又加上你们这些老友在报纸杂志吹嘘，生意才好转。"

"现在呢？除了山顶这一家之外，一共开了几间？"

"五家。"区伟明自豪地说，"而且间间做的菜都是一样！"

我有点不相信："怎能做到？"

"喝醉的那个晚上，我还有一个投诉就是一般餐厅的菜水平参差不齐，今天大师傅休息，助手做出来不一样就不一样，我如果自己开的话，厨师的材料和技术，一定要用现代管理。"

"什么叫现代管理，怎么管法？"

区伟明把我拉进厨房。

山顶这一家，是顶"Jimmy's Kitchen"下来做的，西式厨房宽大，一切用钢板，炉子上有个大型的钢制吸烟器，吸烟器的横梁上贴满每一种菜的照片，下面写着材料多少，蒸炒几分钟等的指示。

"这里的师傅每一个都会做同样一个菜！"他说。

"但是火候也要靠经验呀！"我还是怀疑，"大师傅的资质每一个都不同。"

"所以要靠质量管理啰。"他说，"我每开一家餐厅，就在那里盯几个月，每晚试菜，不行退货，渐渐地大师傅也搞出一个准则来，我同时训练一个经理跟到贴，知道有把握了，我就去盯下一家。"

当晚叫了几个菜，先上桌的是蛋白炒龙虾，清新得很，不加味精只撒盐，味有点淡。当然也不能加生抽，否则失去白色的意境。我建议用鱼露，鱼露色淡，不会影响调子，又能吊起鲜味来，区伟明虚心地点头接受。

龙虾的头尾拿去焗粉丝煲，味佳，一虾两吃。

区伟明还是餐酒专家，他介绍的红酒又便宜又好喝："餐餐喝名牌贵酒，并不代表懂得喝酒。"

我赞同。

"我这里的酒不跟市面涨价。"他说，"照买入的价钱加二十个巴仙，就够了，反正我入货时已有折扣打，利润不止两成。"

接下来的菜是适合秋天的羊腩煲，肉软熟得不得了，还有腐竹、马蹄和笋，依足古方炮制。

"加了什么香料？"我问。

"没有花椒八角等，只用了柱侯酱。"他解释，"是羊腩本身选得好，香港卖这种好材料的也只有一家，老板脾气怪得不得了，叫他送货还要给他骂。"

提到材料，不得不补充区伟明是个老食客，香港哪家人什么东西最好，他都自幼向那些老字号买过，很熟悉。

腊肠也是由名家进货，试了肉肠和膶肠，果然一点也不硬，又没有渣。

"你自己呢？最喜欢吃什么？"我问。

"咸鱼。"他回答得快而直接，"人家叫我咸鱼王。"

听说我也爱吃，大喜，即刻叫厨房来个咸鱼虾酱蒸豆腐。咸鱼和虾酱都已经咸死人，两种东西怎能混在一起做菜？哈哈，说也奇怪，两样都不太咸，只觉鲜，又有豆腐中和，近于完美。

"那是特选的盐极白花。"区伟明说，"我回家吃夜宵时，能整条吃下。"

"你太太不阻止你？"我问。

区伟明笑得像个小孩子："她要是能阻止我吃咸鱼，早就阻止我开餐厅了。"

牛魔王

中西是一个大汉，满脸胡须，讲话很大声，有点哞哞的回音，听起来像牛叫，友人都叫他牛魔王。

他的家族拥有日本最大的畜牛场，在全日本拥有上万头。哥哥在九州岛大量生产，做弟弟的他，专养得奖品种，数量不多。

"你养的是神户牛？"我问。

中西回答："神户是一个现代化的城市，虽然经过大地震，现在已重建，也都是大厦，没有地方养牛。"

"那为什么叫神户牛，如果不在神户养？"

"养在神户周围的乡下，每年一次的比赛地点在神户，就总称为神户牛。由专家比较品种来源、肉的质量和大理石化。"

"什么叫大理石化？"

"英文叫 Marbling，模仿大理石花纹的意思，就是把白色的脂肪混入粉红的肉里，看哪一家的混得最漂亮。日本话叫霜降。"中西解释。

"世界上那么多牛，只有日本的才霜降？"

中西说："把精子拿到外国养，也有霜降。"

"精子是不是一颗颗算的？"这我最有兴趣。

"用一支支试管算，像一根根的钢笔那么粗大。我是一个收藏家，所有名种牛都有。"牛魔王说。

"可以保存多久？"

"冷冻起来，原则上是可以保存到永远，人的精子也是一样的。"

"一管精子要卖多少钱？"我问。

"最高水平的没有一两百万日币，不出卖。"

算起来，合七万多到十几万港币。我想天下的精子，除了能找到恐龙的之外，牛的是最贵了，人的话，不值钱，在自渎时浪费掉。

"有了优良精子，就能有霜降？"我问。

"和后来的饲养方法也有关系。"中西说。

"喝啤酒、按摩、听音乐，都是真的？"我问。

"真的。"牛魔王说，"如果有电视台来拍摄，就是真的。没有电视台来拍的话，有啤酒，我自己喝。"

"你还没有说出用的是什么方法。"

"饲养是最重要的，什么时候吃什么东西，像人一样。牛也要节食和减肥。一只牛落在我手上，我就可以把它养得该肥的地方肥，该瘦的地方瘦。"

"那么和种好不好没关系啦？"

"不。"牛魔王说，"种是基本。一只牛，父母亲是谁，祖父祖母是谁，曾祖父曾祖母是谁，记录得清清楚楚。至少要优良的三代祖先，才能有最高的素质，而那三代是什么人养的，也是比赛中决定输赢的因素。"

"那你爸爸和爷爷都是养牛的？"

"当然。"他回答得骄傲。

"不过日本吃牛肉的历史并不长久，最多才一百多年，之前日本人都只会吃鱼罢了。"我说。

牛魔王笑嘻嘻地："我没说过我的曾祖父也养牛呀！"

"日本最初的牛是从哪里来的？"

"荷兰、西班牙等欧洲国家，是最初与日本经商的。外国水手把牛带来，教日本人怎么把它们养大，下次再来日本的时候拉上船，一路吃着回去。而神户是第一个对外开放的城市，历史最久。"

"这就是神户牛和松阪牛的分别？"

"牛在什么地方养大，就叫什么地方的牛，像法国的红酒区产的酒一样。如果要比较，松阪的是布根地，神户的是波尔多。"

"你的牛呢？"

"我们家族一直在神户附近的三田养牛，就叫三田牛了。"

"三田牛和松阪牛的最大分别呢？"我追根究底。

"最大分别，是雄牛比雌牛好吃。松阪养的是母牛，我们养的是公牛。"牛魔王说到这里又神气起来。

"一头牛要养多久才能吃？"

"三十九个月。"他回答得准确。

"那么多牛，你怎么知道谁是谁？"

"每一头牛的鼻子中的鼻纹都不同，像人的指纹一样，要求证可以用这个方法，我们一看就知道。"

"现在一客两百克的三田牛肉，在餐厅吃要多少钱？"

"两万円①。"他说，"到了东京，要卖四万。"

哇，合一千五港币，东京则要卖到三千多。当今日本牛肉禁止入口，在香港养的话，岂非一宗大生意？

"如果香港有农场，用本地牛来配种，也会有霜降的效果吗？"我问。

"全靠饲养技术，你们的牛种也是欧洲来的，像从前传到日本来的一样，为什么养不出？"牛魔王十分有把握。

"如果我在香港养牛，你会来教我吗？"我问。

"你和我的好友蕨野像兄弟，他和我也像兄弟，我当你是兄弟，为什么不教你？"他反问。

"想不到你是那么单纯可爱。"我说。

牛魔王笑了："大家都说我像一只牛，牛嘛，本来就是单纯可爱。"

---

① 円：日元。

牛丸大王

认识冯秉荣兄，已有二十年以上了吧。

此君外表很像《僵尸先生》的男主角元华，高高瘦瘦，留着小髭，但是比元华英俊得多。

秉荣兄还喜欢戴帽子，帽带上插着七彩缤纷的小羽毛，在香港，戴帽子的人很少，远处看到一个，就是他了。

当年，在九龙城的旧菜市中的牛肉丸档，最出色的就是他的那一家。几番风雨，他从大排档挣扎出来，在旺角花园街，靠近金声戏院正正式式地开了叫"乐园"的店铺，已有十几年光景。

重阳节那天，无事，散步到他店里，十点多钟，秉荣兄在吃早餐兼中饭，桌前摆瓶啤酒，一看到我，便拉进去喝两杯。

原先的那家隔壁，也给他买了下来，已有两间铺位，我们坐进他的老店，聊起天来。

"我在深圳也开了一家。"他说。

"怎么跑到深圳去开？"

"说起来话长，"他喝了口酒，"都是因为那些牛太肥了。"

"和牛肥不肥有什么关系？"我笑。

"太肥，打出来的牛肉丸就不好吃。要打牛肉丸，牛肉不可以经过冷冻。我起初在深圳买牛肉，运来香港，在潮州找几个大师傅，用铁棒手工来打，本来做得好好的，后来供应来的肉都太肥，做出来的东西不好吃，吓得我直冒冷汗，几个星期都睡不了觉。"他一口气说，"请来的师傅又住不惯香港，天天嚷着要回去，唉。"

"后来问题怎么解决？"

"我只好自己去买牛呀。专选瘦的，又在深圳一家屠场旁边买了牛栏，专门养牛。要多少货，就杀多少牛。我把大师傅送回内地，屠后新鲜的肉，即刻打牛肉丸，打完了转送来香港卖啰。"

屠场旁边办厂，亏他想得出。

"你的牛肉丸和别人的不同，到底有什么秘诀？快点说来听听。"老朋友了，不用客气。

"一点也不奇怪，"他说，"我全部用牛肉，绝对不加粉罢了。加粉成本可以便宜，但是不好吃，便宜有什么用？好吃，才有资格卖贵一点。"

"吃点东西吧！"他说。

秉荣兄替我把他店中的制品都每样一碗地叫出来给我吃。主角当然是牛肉丸，配角有鱼蛋、鱼片、鱼札、鱼皮、鱼面、墨鱼丸、猪肉丸、札肉，等等。

汤呈乳白色，一喝，鲜甜得很。撒上炸蒜茸、葱花和冬菜，更加惹味。

"一点味精都不加？"我问。

"加了客人吃得口渴，怎会回来？"他反问。

"用什么熬的？"

"牛骨呀。"他说，"要整整熬个十小时，牛骨熬得不够火，就腥，有一股臭味。每天晚上七点熬起，到第二天清晨五点，熄火，十一点钟开店前再加热。天天如此，已有几十年，我后面那个锅，有桌子那么大。"

"还要加什么东西？"我知道越南河粉的汤，是牛骨加鸡骨的，单牛骨，不够复杂。

"没有呀！"

他不说，我要慢慢地套出来。

"你的墨鱼丸，做得比别人弹牙。"我说。

"这也是不加水的道理。"他回答，"新鲜墨鱼，加蛋白打。现在香港墨鱼已经越来越少，要从越南输入。"

"你们这条街上好几家'乐园'。"我转个话题。

"他们用'乐园'什么记什么记的去登记，政府也许可了，也不必去反对，做得有水平，大家来吃。真'乐园'假'乐园'，客人知道。"

"讲回鱼蛋，"我说，"不加点味精不行吧？"

"加。"秉荣兄承认，"但是在煮熟的时候，清水已经把味精冲掉，不加的话味道太淡。"

"打那么多鱼蛋，剩下的鱼骨呢？扔掉？"我已经把他带入陷阱。

"鱼骨多鲜，扔掉岂不可惜？把它放入牛骨汤中煲呀，十小时下来，都化掉了，一点也看不见有鱼骨。"他说完之后才发现刚才对熬汤的秘诀有所保留，笑了一笑，接着说，"其实只要真材实料，不兑水，有多少碗就卖多少碗，少赚一点又怎样？"

我笑笑："道理很简单，但是有些人不懂就不懂，没话说。"

秉荣兄坚持不肯让我付账，我替他算算，店自己买的，深圳工厂也是，加起来好几千万身家，比我有钱，就让他请一次客吧。

披萨先生

"粗菜馆"的贵哥晚上十点多钟打电话给我："有个导演，名字没听清楚，说是你的朋友，要找你。"

我请他本人来听，原来是已经十几年没见面的桂治洪。

二十世纪七十年代，桂治洪在邵氏拍过许多好电影，《成记茶楼》《血证》《鬼眼》《万人斩》等。

还有几部在马来西亚导演的本地片，迄今还是卖座最高纪录保持者。

飞车赶到，桂治洪和摄影师小李及李太在等我，桌上没有菜肴。

"怎么不叫点东西吃吃？"我问。

"吃饱了才来，主要找你聊聊。"桂导演说。他没有变多少，头发有一撮白了，身材还是像以前一样，略胖。

"这些年来，干什么？"

"卖披萨，意大利薄饼。"

"在哪里？"

"洛杉矶。"

"市内？台湾人麇集的蒙特奥花园？"

"不，"他摇头，"在一个墨西哥人区，说了你也不知道。"

"大导演怎么会去卖披萨？"

"人总要活下去的呀。"他说，"我不像阿孙，他到了美国还是以为自己是导演，满肚子气，我只把自己当成一个普通人。"

"生意怎么样？"

"很好。"桂治洪说，"我拼命在薄饼里加味精。墨西哥人没吃过，觉得很鲜美。吃完了饼口渴又拼命喝可乐。我当然不告诉他们下了味精，不然他们一听到就大惊小怪。反正我没有害人就是。我说下的是糖（Chinese Sugar）。他们都说好吃。"

我问桂治洪导演："你到美国开始就到洛杉矶开意大利薄饼店？"

"我从香港去佛罗里达找我老婆，她说是先把我们的储蓄拿去开中国餐馆。到了那里一看，哪有什么餐馆？钱都被她吞了。"

"后来呢？"

"后来辗转到了洛杉矶，打开报纸找工作，看到有公司请送披萨的工人，就去应征。一送，就送了一年。"

"送一年货就有钱开店？"

"哪有那么简单。"他笑了，"薪水刚刚好够开销罢了，后来和公司的一个主管研究，他说反正开的是连锁店，如果我有兴趣投资，再做一年才够经验。这期间，我被抢过三次，他们假装订披萨，送了去，四个人包围着我，用手枪指着我的太阳穴，拨开撞针，手一震，子弹便会射出。"

我叹了一口气，桂治洪却笑着继续说："还算我老婆有良心，把我赶出来的时候给了我三万块。我一直不敢去动用它。主管说开店要十万，可以用它来做头一半，其余的分期付款，就这么有了自己的店。"

"开了店有没有被人抢过？"

"当然有啦。我现在有两支手枪，一支放在柜台后，另一支在厨房，都把子弹上了膛，随时发射。星期六生意特别好，关店的时候，拿了手枪，先去街上看看有没有人埋伏，再一个箭步抱着钱冲进车子开走。"

他形容得生动滑稽，我差点笑出来，但感到故事背后的辛酸，把咧着的嘴收紧。

"店铺前面站了很多毒贩，卖可卡因，他们是我的好顾客，我不能管他们卖的是什么，总之要赚钱，顾客永远是对的。哈哈哈哈。"桂治洪笑，"现在大家都是朋友，他们叫我披萨先生（Mr. Pizza）。"

"你现在开的意大利薄饼店，请了多少个人？"我问桂治洪导演。

"十个。"他说，"起初一大早五点到店里亲手和面，再去市场进货，回来自己烧薄饼，送货的请了一个黑人，他被他的同族人抢钱，用铁棍打得满嘴是血，我替他装假牙也花掉了几千美元。"

大家听了笑不出。

"后来又有个香港理工学院的来找业余工，又是给人打得头破血流，马上辞职。"桂治洪自己哈哈哈哈，"我对工人不错，每年请他们去赌城玩，包吃包住，只是不包赌。有一年还关门一星期，到大浩湖去滑雪。现在，我已经是半退休了，到了周末特别忙的时候才去店里帮忙。"

"美国人在多少岁退休的？"

"五十五。"他说。

"你今年几岁了？"我们是老朋友，什么事都照问。

"六十一了。"

想起当年邵氏公司派桂治洪和一班摄影师和灯光师到松竹片场实习。我带他坐火车吃拉面，他才是二十出头的小伙子。

"你对电影一点也不眷恋吗？"我问。

"做导演的愿望是没有的了。"他俯首，但即刻又把头抬高，"我还是一有电影就看的，美国迷你戏院二十几家都集中在一个场子里，买一张票，东看一部西看一部，他们也不会去管你。所有的戏我都看过，香港片子我租录像带回家看。"

"现在看一部电影要多少钱？"

"四块两毛五。"

"那么便宜？"

桂治洪笑着："普通人七块七毛五，我们便宜。别忘记，过了五十五岁就是高龄市民了。"

当年我带队，到马来西亚的一个小岛上去拍戏，岛上雨水受污染，整队人都得了肝病。

"只有那两个灯光和你没事。"他说完笑了，"都是因为你们喝酒的关系。"

谈到喝酒，我又想起时常开桂治洪的玩笑。话说他染了肝病后，我带他去看一个做医生的同学。医生问他："桂导演，你喝不喝酒的？"他摇头。医生又问："桂导演，你抽不抽烟的？"他又摇头，医生再问："桂导演，除了你太太之外，你有没有女朋友？"他再摇头，医生懒洋洋地："桂导演，你还是死了吧。"

"你现在吃饭的时候还带不带自己的碗碟？"我问。

自从得到那个病后，他的饮食特别小心，甚至弄到有一点洁癖的地步。

"不必了。"他说，"不过得了肝病。到四十岁左右，就会变成肝癌。"

"你也有肝癌？"我吃惊。

"唔。"他点头，"开刀开了两次，手术很成功，现在一点事也没有。"

"在美国开的？"

"不，不。"他说，"我才不在美国做手术，跑到台湾去开刀。"

"为什么去台湾？"

"心脏病的话，在美国开最好，美国人每一个都吃得胖胖的，心脏毛病太普遍了。医生开刀开个不停，自然有经验，所以比其他国家的医术都高明。心脏病台湾不行，你没看胡导就是在台湾开刀死的吗？至于肝病，美国人很少患，他们都认为这是东方人专有的，怕得要死。台湾就不同，患肝病的人多，替我开刀那个医生是台湾第二把交椅的，你要是有肝病的话，我介绍给你。"

"呸呸呸。大吉利是。"我大骂。

他笑了，好像已经报了我开他玩笑的仇。

"现在两个子女都长大了吧？"我问桂治洪。

他说："儿子念电影，刚刚毕业。"

当年桂治洪和我同住邵氏宿舍敦厚楼，记得他那七八岁的儿子翘着嘴，时常跑到我家，一坐下来就大发脾气，扮成武松的样子，说要把那个贱人杀了，我们都叫他愤怒儿童。

屈指一算，应该早就读完大学的呀。

桂治洪见我没出声，解释道："他是相信美国的读书方法的，结了婚，生了孩子，再去上大学，一读七八年，我就不赞同。"

"一种米养百种人。"我安慰道。

他点点头，老朋友的话是听得进的。

"女儿呢？"我又问。

"也结了婚生了儿女。"他说，"我买了一个屋子，好大，前后花园，有四间房，我们住在一起，每个星期天抱抱外孙女，也是一乐。"

"嫁的是洋人？"

"不。"他说，"嫁给一个越南华侨。"

"做什么的？"

"LAPD。"他说，"洛杉矶警察，电视上也以他们拍了一个片集。"

"你呢？"我关心，"不找个伴？"

"洋人说 stay single, be happy，单身人，快乐点，多好！"他笑了。

桂治洪明天一早又要出发了，说要回船上睡，他乘豪华客轮到处游玩，已上了瘾，每年总要坐一次到世界各国去。船上吃船上住，干净得很。

把儿女抚养长大，自己又有一家收入稳定的意大利薄饼店，闲时弄孙，桂治洪叹气说自己做人没什么成绩，但这不是成绩是什么？比起拍卖座得奖电影但又不安的人生，满足矣。

看着他的背影，我祝福。

羊人

　　林中松从小就对婚姻有恐惧症。

　　双亲离异之后，他一直是家长争取的对象，这里住几年，那里住几月，跟父亲，再跟母亲。和谁在一起，长辈都讲对方的坏话。中松拼命钻在书本之中，才有另一个天地。

　　我们这群孩子，中松最聪明，他学什么东西，一学就会。我们用一个木头的针线轴，一根筷子，卷起一条橡皮筋当战车时，中松把几个木轴拼在一起，在轴边刻了齿轮，做出一架极复杂的起重机。

　　长大后我们都有女朋友，他倒是最晚接触女性的一个，一和女孩子去看电影，回家后便发现他所有的衣服，都被他母亲剪成碎片。

　　中松从此再也不交女友，他发誓他一生不会结婚，但是到最后，我们这群人，是他结婚的次数最多，一共娶过五个老婆。

　　事情是这样的，林中松和我一起到日本去念书，我在东京，他选中了京都，日本语对他来讲一点也不困难，他一下子已研究了所有的古文学，当大学讲师没有问题，但有哪一个日本人肯请一个嘴上无毛的小子去讲自己的文化？结果林中松唯有在私塾中教基本的英文文法。在那里，他遇到了佐藤寿美。

佐藤一心一意想当一个美国的流行画家，去纽约是她最大的愿望。为了把英语学好，她不断地亲近这位年轻的老师，到最后搬进中松的家，和他同居。

糊里糊涂地，中松娶她为妻。结婚之后，佐藤发觉中松除了英语讲得极棒之外，传统观念很深，在家穿着和服，喝面豉汤，对茶道一丝不苟地，依足古法炮制，他简直是一个日本人！

终于留了一张字条，佐藤寿美跑到美国去了。

中松开始流浪生活，欧洲游历一番后，定居于巴黎。在一家专门卖东方书籍的店铺中当店员，同时自我进修拉丁文。拉丁文一学会，许多欧洲文字跟着上手，他在短短几年，已能讲二十五种不同的语言。

书店老板的女儿米雪，从小读东方文化，对中国人有很深的憧憬，近水楼台地被中松吸引，决定嫁给他。

日本老婆可算成遗弃，婚姻已无效。中松和米雪走进了教堂。

米雪是大小姐，从来不走进厨房一步，中松笑嘻嘻地烧了许多地道法国菜给她吃，和她一起到罗浮宫，中松详细地讲解每一张法国绘画的历史背景。一年，米雪到东方旅行，中松要看店走不开，她单独一人来了香港，打电话给我。老友妻，我请她吃饭。

"我已经决定离开他了。"米雪告诉我。

"你有了情人？"我开门见山地问。

米雪摇摇头："我想嫁的是一个中国人，中松是法国人。"

这次的离婚手续双方同意，办得很快。中松又遇到一个德国籍的犹太少女汉纳。年纪渐大，青春气息是中年男子难以抵挡的。

婚后他们搬到法兰克福去住，中松喝德国啤酒喝得有个小肚。他深深地研究德国历史，引证了希特勒的出现，是有它的前因后果的理论。

这可犯了犹太人的大忌，汉纳的父母极讨厌这个辩论输给他的中国人。一方面，少女花心，已搞了好几个法国男友。两人的相处，已达到互不能容忍的地步。

离婚后中松搬到伦敦，在一间专门放映艺术片的戏院中邂逅了电影学校毕业的英国少女菲奥拉。从《战舰波将金号》到《大国民》，中松数电影的经典，比任何图书馆更详细。菲奥拉发现了一个宝藏，一个谈不完的对象。

两人结合，中松一晚看电视，正播着足球赛，他变成利物浦队的球迷，从此的话题离不开英格兰足总杯。

菲奥拉忍受不了中松每晚上附近的小酒吧，手握一杯 Bitter 和周围人看电视中的球赛。她更憎恶在下午茶中，中松为她做的青瓜三文治和鳗鱼冻三文治。

经过四次婚姻的失败，中松有一天向自己说："我的毛病在太像外国人，我只有搬到北京去住，才能改进。"

在北京，他最后一次地和小娟结了婚，中松说得一口京片子，但是过了几年，老婆还是逃到香港去。

中松不只对婚姻，对人类，他也感到失望。

我这次到澳大利亚拍外景，剧中需要一些动物演戏，找了《宝贝小猪唛》的驯兽师来开会，突然又与中松重逢。

"我只不过负责一小部分。"他说，"戏里需要一大堆人指导动物，猪是另外的人训练，我专管羊群。"

原来中松到了澳大利亚的农村住下，开始养羊，越生越多，他对羊只的交配，有他的一套，许多人都要老远地赶母羊群到他的农场去，才能生出小羊。

一位很粗壮，但很友善的澳大利亚女人依偎在他的身边。

"我在考虑再多结一次婚。"他说。

"不怕后果吗？"我问。

中松望着远处，幽幽地说："这次不会出错了吧，我不过是像一只羊。比起人类，她更爱动物。"

打不死的阿根

看动作片，反映主角身手灵活的一个重要部分，是被打的武师。

好一些从三楼摔下，撞烂了桌子和椅背，再大力跌在地上的人，就是那群打不死的武师。这个镜头从头到尾不剪辑，绝无虚假，而武师是为别人做替身；自己上阵，岂有找人替自己的道理？

如果你在录像带中留意观察，便会注意到其中有个身材矮小，壮健如石，瞪大眼睛，嘴唇很厚的武师，这个人叫阿根。

近年来，成龙电影多数在异乡拍摄，主角打的对手，当然是外人，外国武师经验不足，阿根要做替身的替身，白的、黑的，阿根都扮过，反正摔得最厉害的，一定是他。

在一部叫《龙兄虎弟》的片中，成龙要和多位领袖派来的六个黑人女子高手对打，我们千挑百选地由美国找到了六个学过空手道的，但一来之后，才发现不是每一个都会打，而且一两个还极不听话。成龙干脆把不听话的换了下来，由中国武师扮演。

阿根就涂黑了全身，戴着卷曲的假发，厚着嘴唇，瞪大眼睛上阵，被成龙拳打脚踢，打个落花流水。因为阿根扮得很像，后来拍特写时，成龙也不避开，让阿根亲自担任，保管观众看完，说什么也认不出是他。

问阿根是怎么进这一行，当武师的。

阿根说："我哥哥在积奇那里当武师，我便跟来玩。起初是替工作人员驾车当司机，吃饭时闲了下来，我便学人从高的地方跳下。积奇看到我的反应还算快，便叫我试试看，这一试，试到现在，十多年咯。"

"有没有受过伤？"

学着洋人，用手敲敲木头，阿根说："摔倒是没受过。我们都有保护关节的设备，藏在衣服里，观众看不到，只要计算得准，摔下来时靠这些安全措施，便没事。但是，做其他危险动作时就没那么幸运。"

阿根卷起裤脚，露出小腿的一道八吋的疤痕："这是拍快艇追逐时的伤口。那场戏是我抓着快艇的边，后面另一只快艇追上，哪知道浪一大，把我整个人卷到后面快艇的螺旋桨上，断了脚算是幸运的，要是打中头，现在就不会和你聊天了。"

"那次伤了多久？"

阿根笑嘻嘻地："筋、骨都断掉，一躺，休息了整整三年。"

"那三年有没有进账？"

"有劳工意外保险，但是足足等了三年，才拿到保险金，要不是公司先拿钱出来，后果不堪设想。"

"你要养家的吗？"

"我们一共有十二个兄弟姐妹。"

"同一个工厂？"

阿根笑了："是我妈妈一个人生的。我们那层楼，由我供，所以现在还没娶老婆。"

"拍拖呢？"

"和日本的成龙影迷拍过一次。她认得出我，要我的签名，就那么认识的。"

"为了什么分手？"

"她父母反对。说我们这种人好赌，不会剩钱，养不了家。这倒也没说错，做武师的，生活在刺激里，普通娱乐都不够刺激，除了赌钱。"阿根说。

"你呢，你赌不赌？"

"也赌。不过有一点点分寸。"

副导演来叫，阿根上场，这一场戏是在一辆窄小的九人座位巴士中的打斗，成龙一对五，打个天昏地暗。

车子驶过一个凹处，大力一跳，车中所有的人都被弹上车顶，只有阿根是秃头，没头发保护，头顶开了花，血流如注。

请来的澳大利亚护士赶紧为阿根包扎伤口，普通人已昏倒，但阿根笑嘻嘻地说："没事，没事。"

第二天，阿根照样开工。说也奇怪，那么长的一道伤口，已经愈合起来。

"真的不要紧？"我问。

阿根说："这不算是伤，真正的伤是那次断腿。"

"有没有什么后患？"

"身体好了，和从前的一样，但是心理是受了影响。没有伤过，以为自己什么都行，任何危险动作都不怕做。但是经过一次大伤，胆子就小了一点，这是一定的事。所以我很佩服大哥，受过那么多次伤还能继续下去。"

"你很崇拜他？"

阿根点头："我们在拍《A 计划续集》时，借了香港大学，有些大学生走过，用看不起的眼光看我，当时我的确有点自卑，但是大哥拍拍我的肩膀，说我比他们强得多，我很感动，一直记住。"

"一般人的印象，你们做武师的都喜欢打架！"我说。

阿根笑了："工作时已经天天打，回到现实生活还打？脑筋一定有问题。"

木人

到北海道阿寒湖的"鹤雅"旅馆，一走进门，出现在眼前的就是一座木头的雕刻。一位少女坐在马上，马头朝天，少女也往天上看，风吹来，马鬃和少女的长发都吹得往上翘。造型非常优美，是令人越看越陶醉的作品。

一问之下，才知道是一位又聋又哑的艺术家雕的，他的名叫泷口政满。

这次又去阿寒湖"鹤雅"新筑的别馆，里面有个展览厅，看到泷口氏更多的杰作，有野鹤和猫头鹰等。

翌日正好是圣诞节，抽出时间往外跑，旅馆的附近有个村子，泷口政满在那里开了一家小店，决定向他买个回香港观赏。泷口先生刚刚在开门，我们见过两次面，大家亲切地打着手势请安。

我本来想买人像，泷口先生有个很杰出的作品，叫"共白发"，一男一女，两座分开，但从木纹上看到是出自一块木头。

楼梯间，有一只猫头鹰，猫头鹰是泷口先生最喜欢的主题之一，雕过形态不同的各种大小猫头鹰。这一只，刚走进来的时候看到头摆左，现在怎么又摆右呢？看来是两块木头刻的，头和身子连接得天衣无缝。有根轴，泷口先生把头拧来拧去，最后一百八十度拧到鹰的身后，得意之极。看他笑得像一个小孩子，知道他对这座作品有浓厚的感情，就改变主意，把猫头鹰买了下来。

一个客人也没有，我们用纸笔谈了很久，以下是泷口先生的故事：

雕刻大作品时，一定要弄清楚木头的个性，等木头干后才能决定要刻些什么，要不然在人物的手脚，或者猫头鹰的羽毛上出现了裂痕，就没那么完美了。每一种木头个性都不同，所以要和它们做朋友。

我在一九四一年出生于中国沈阳，父亲在铁路局做工，我最初的记忆来自巨大的火车头出现。

三岁的时候，我因为肺炎而发高烧，失去了听觉。到了二十五岁过后，我才第一次用助听器，发现乌鸦的叫声大得不得了。

五岁时回到东京，在越青大学附属的幼儿园读起，一读就读了十四年书。学校禁止我们用手语，因为要迫我们学看别人的嘴唇，但是下了课，同学们还是用手语交谈的，我喜欢学的绘画，后来的职业训练，老师们又教木工科，我学会了用木头制造需要的各种基本技巧。

父亲反对我选美术和工艺的道路，我也做过印刷工人。二十二岁的时候，我到了一直想去旅行的北海道，在阿寒湖畔的部落里，我第一次遇到倭奴人，他们脸上皱纹很深，留下印象。

现在北海道的手工艺品大多数是机械生产，当年的都是手雕。每一家店卖的东西，刻出来的完全不一样。我一间一间走着，觉得非常有趣。

在那里，我遇到一位二十岁的倭奴族女子，在土产店当售货员。她说：欢迎光临。我一点反应也没有，后来两人的眼光接触，我才解释说我是听不到东西的。

离开北海道后，两人开始写信，她知道我对木刻有兴趣，常把村里拾到的奇形怪状的木头用纸箱装起来寄给我，信上最后用 Sarorun 签名，倭奴语"鹤"的意思。我的回信上用 Ichinge 签名，"龟"的意思。后来在村里开的店，店名叫 Ichinge。

决定在北海道住下，是二十四岁。最初以刻木熊为生，两年后和那位倭奴女性结婚。以妻子为模特儿，刻了很多倭奴少女的雕像，自己的作品卖得出，不管多少钱，也觉得好开心。

刻得多了，对种种木头的特征认识就深了，木纹木眼怎么安排才美，也学会了一些。从小作品刻到大的，北海道的观光季节只有夏天的半年，冬天用来刻自己喜欢的东西。

每年春天，雪融的时候，忽然会刮起一阵暖风，风中带有泥土的气息。地上已长着嫩芽。这阵风把少女的头发吹起，脸上的表情是喜悦的，我用木头捕捉下来。

有一晚，驾车的时候撞到一只猫头鹰，顽强的生命力，令它死不去，我也了解为什么倭奴人当它是神来拜。从此，我也喜欢刻猫头鹰。

到了秋天，大量的木头从湖中漂上岸，数十年也不腐化，有些还埋在土里，被水冲出来的。不管多重，我都抬回来，依形雕刻。钓鱼的人常把这种木头烧了取暖，我看到形态有趣的就叫他们送给我，所以我有些作品一部分是烧焦的。

很多电视和杂志访问我，叫我聋哑艺术家。我只想告诉他们，聋人的作品，就算不比常人好，也不比常人差。我的耳聋影响我口哑，但是不是我愿意的，看我的雕塑，看不出我的聋哑。

现在我最感到幸福的是，在距离我的店三十公里之外，有一个工作室，家就在旁边。地一挖，喷出温泉。晚上浸着，抬头一看，满天星斗像要降下来似的，月光很亮，不需电灯也看到东西。

浴后走进屋子，喝一杯，睡早觉。妻子说什么我假装听不到。从她的口型，知道她在说："我还以为是一根木头走进来呢！"

猫老人

岛耕二先生今年已经八十岁。

《金色夜叉》《相逢有乐町》等名片，都是他导演的。年轻时，身材高大，样子英俊，曾主演过多部电影。他一生爱动物，尤其是猫，家中长年养七八只，现在年事已高，失去昔日之潇洒，样子越来越像猫。

在东京星期日不能办公事，便向我从前的女秘书说，不如到岛先生家坐坐。她赞成，不过，她说，可不能穿好的衣服，不然全身将被猫毛粘满。我笑称早已知道，你没有看到我穿的是牛仔裤？

他家离市中心很远，从火车站下来，经一段熟悉的路，抵达时，见其旧居已焕然一新，改成两层。走上楼梯，岛先生开门相迎，我们紧紧拥抱。

一见面，第一件事当然是喝酒。他喜欢的是一种价钱最便宜的威士忌，樽有日本清酒那么大，我们两人曾干过无数瓶。

下酒菜是他亲自做的煎豆腐渣，他将这种喂动物吃的东西加工，以虾米、葱、芹菜、肉碎等微火煎之，去水分，一做要两三个钟头，他说，时间，对他已没有以前那么重要。

猫儿们参加一份。大块一点的肉类，他一定先咬烂后才喂，猫一只只轮流来吃，毫不争吵。日前住在他家里的共有六只，加上另外两只在吃饭时间才出现，它们是不肯驯服的野猫。

看到的都是土生的，岛先生说过他最不爱名种猫，它们娇生惯养，毫无灵气，一点都不得人欢心。

我伸手去摸其中一只花猫，它忽然跳起来假装要咬我，我放开手，它又走近依偎着我。

"这一只名叫神经病，不要怕，它不会咬人，反而是最容易亲近新朋友。"岛先生说，"我拍电影，已经没以前多，把这个家改成两层，下面租给女学生们住，多数是学音乐的，她们最喜欢上来抱神经病。"另一只步伐蹒跚的白猫走了过来，往他怀中钻，他说："阿七已经十岁了，照猫的年龄，和我一样老。年龄真是一件奇怪的事，二十年前你二十岁，我大你两倍，二十年后，我只不过大你一半罢了。"

又有两只走过。他说那是同个母亲生的，但颜色不一样，叫黄豆和黑豆。

"爷爷，爷爷。"一个年轻的女房客不敲门地走进来。岛先生笑骂道："不老也给你叫老了。"女房客一个箭步跳上前抱着他，问道："今天有什么东西吃？"

"她叫阿花。"岛先生向我解释，"学钢琴的，每天早上给她吵死了。"

　　说完拍拍阿花的头，说："今天不行，留给客人吃，好不好？"

　　阿花唔的一声，点点头走下楼去。

　　"她们常跑来把我辛辛苦苦做的下酒菜都吃光了。"岛先生说。

　　"那怎么行？至少也要剩点给自己。"我说。

　　他笑着摇摇头："对猫，我已经不留了；对人，我怎么忍心？"

　　这时，又有只巨大的黑白猫走来，乘岛先生去拿冰块的时候，一屁股坐在他的座位上。岛先生回来一看，说："它有十公斤重。"

　　说完便坐在黑白猫旁边，抽出柔软的面纸为它擦干净眼角。

　　倒抓它颈项的毛，它舒服地闭起眼睛。"黑白猫真可怜，"他说，"来我家的时候，已经被它以前的主人去势了。"

　　岛先生摸摸黑白猫的头，对我说："猫儿们要是坐在我的椅子上，我绝对让它们一直坐下去，如果是我的老婆这么放肆，早就被我赶跑！"

管家的日子（上）

管家把他的新产品带来香港，大家研究包装设计，他就是那么一个一丝不苟的人。

我们的合作是愉快的，我从来不给他压力，一件产品，来来去去，花个两三年，随他。

从哪里认识他的呢？当然是面了。他做的龙须面那么细，煮个三四十秒就能吃，比方便面更方便，烫久了不会断掉，而且面味十足。

上门求他做的湿面，不乏其人，我向他说我可没工夫整天去买，不如做点干的吧。

干面条从此产生，当今他又研发有关面条的周围调味料，像"牡蛎酱油"等。比较之下，他认为日本生产的品质可靠，就跑去研究个老半天。

继之的是"柚子唐辛子""胡麻辣油粉""芝麻酱"等，都可以在下面时撒上。

　　管家本名不姓管，年少时参加俱乐部，教人游泳，领导有方，大小事都处理得好，众人都谑称他为"管家"。做起面厂来就想到用管家为名，但得不到注册专利，"管家的日子"，由此而来。

管家的日子（中）

我问管家："看了苏蕾为你拍的纪录片，你在开始产面时，用的是家庭制面器，也没下碱水，怎么做得那么好吃？"

管家回答："我从小喜欢吃面，家里只有妈妈和姐姐会做，爸爸就不懂得做，我凭记忆从头做起。"

"老师傅做面和半路出家有什么不同？"

"传统总是应该保留的，但他们有一定的规则，半路出家的好处是没有了束缚，按照自己喜欢的分量，边学边做，过程经两次发酵，得到理想的硬度。"

"那怎么会做到大量地卖呢？"

"有几位食家试过，认为好吃，又有了淘宝上架，大家听闻之下，越卖越多。"

"那得找一家厂去做了？"

"对，起初他们说分量太少，不能加工。我只有说晚上等他们休息时来做，结果他们答应了，销路口碑逐渐增加，到最后有一做一吨的分量，他们才点头，白天也做。"

管家的日子（下）

"我第一次吃到你的湿面，是北京的洪亮送给我试的。"

"对，他一买就是二十公斤。"管家说。

"洪亮拿到官也街火锅店，老板Frankie和面痴友人卢健生一起吃，大家都说好。那么多人喜欢，为什么不做两吨、三吨、四吨？"

"做多了水准就会参差不齐，到现在还是维持只限卖一吨。中间还有许多人要来投资，我认为这么一做，就不能完全靠自己的意思，所以开始考虑到你说的主意，卖干面条。"

"为什么要试那么多次才生产得出？"

"尽量把干面做到接近湿湿的口感和韧度呀，不容易的。"

"香港的云吞面你都试过了？"

"你介绍的我都去了。我认为竹升方法有它的长处，但不是决定性的因素。各家麦奀记都去了，还有他们的分支，你喜欢的'忠记'，躲在永吉街的巷子里的最好。"

配音间

从标志性的邵氏大楼，爬上三层梯阶走出去，经一条长廊，就可以抵达配音间。

配音间有多个，最小的是配对白的，有时分两班，日夜开工。在文艺片、黄梅调和武侠片的初期，配的都是普通话，由台湾来的毛威主掌，后来李岚接手，男主角的声音听来听去都是由张佩山配的，李岚的也不少，《七十二家房客》（1973）之后，观众要求本土化，一切香港片都讲粤语了，由丁羽领班。

配音间的主管叫柏文祺，他也是秘书处的头头，娶了女演员高宝树。他们包办了所有外语片的配音，像韩国、日本的电影，都由高宝树负责。高宝树人不老，年轻时已演老太婆角色，后来自己出来当导演，拍了不少戏，衣着大胆，常不扣上衣几颗纽扣，找倪匡兄谈剧本时，他说不知道不看好，还是看好。

日本片的对白没有人听得懂，配音员们有一句术语，叫"数口型"，一二三四，张嘴多少次闭嘴多少次，就可以配出完美的普通话对白来。

叫为大配音间的，从前可以容纳四十人的乐队，看着大银幕的放映来配音乐，制作是非常严谨的。最后一次出动乐队是配井上梅次的《春江花月夜》（1967），由他带来的日本音乐大师服部良一坚持之下，向香港交响乐队请了七八十人来伴奏。

从此大配音间的墙纸剥落，久未被运用，改为配效果，工作人员拿了大铁条，在地上敲着，发出的声音就像刀剑交加。另有一个木做轮子，铺上帆布，卷动起来，便发出风暴声。地上有数行跑道，一是碎石，一是柏油，一是细沙，看演员在什么路上走。

没有了真人的乐队，用的是什么？行内术语叫"罐头音乐"（Canned Music），是大批地向外国买来，没有版权问题的作品，许多片子都重复又重复地运用。这也算有良心，懒了起来，就直接向外国片"借用"，观众觉得似曾相识时，可能是 007 电影的插曲。

从邵氏大楼，走向配音间的一条走廊，旁边的一间小房子配背景音乐，走过时会遇到一位笑嘻嘻的长者，身材略胖，西装笔挺，灰白的头发蜡得发亮，这就是配乐大师王福龄（1925—1989）了。

你也许不知道他是谁，但大多数的影迷都会听过他写的不朽名作《不了情》。王福龄来自娱乐世家，曾在上海光华大学及上海音乐专科就读，到了香港之后替多家唱片公司撰写流行曲，一九六〇年加入邵氏，他替公司配的背景音乐无数，其中包括了《船》（1967）、《金燕子》（1968）和《大盗歌王》（1969）。

记得王先生很健谈，问他关于上海年代的流行曲人物他都会详细地讲给我听，口衔着镶金的烟嘴，香烟抽个不停，一面聊一面哈哈地笑。我到现在还很清楚地记得他那两只大大的眼睛，躲在那副金丝眼镜后面，一聊到方小姐，他们同事多年，绝对闭口，一字不提。

王福龄虽然上过音乐专科，但英文是不行的，对西方音乐一窍不通。偶尔他也会用名曲来配乐，但曲子叫什么他就不知道了，对于西洋音乐，他全凭感觉，认为他感觉到什么就配什么。

一天，学贯中西的胡金铨听了王福龄配上一段戏后，即刻向他抗议："喂，这故事发生在明朝，怎么会配上一九〇五年的曲子？"

王福龄不服："这是一段悲哀的戏，这首曲子一听就感觉到悲伤。"

"什么悲伤？"胡金铨大叫，"那是德彪西（Debussy）作的曲子，叫《大海》，哪来的什么悲伤？"

王福龄在任时，请了一位助理，因为太年轻，怕别人说他不够稳重，所以留了八字小胡子扮老，这个人就是陈勋奇了。

陈勋奇的记性奇好，师父要找什么音乐他即刻记得，但对西洋曲子同样一窍不通，所用的音乐也全凭感觉，认为悲哀就是悲哀，欢乐就是欢乐了。

后来他还醉心功夫，学了多年，自己粉墨登场拍了不少电影，最后也当了导演；他做过的配乐师，反而没有什么人记得。

在那间小小的配乐室中，王福龄退休后由陈勋奇接手，陈勋奇也请了个助手，很爱音乐，尤其喜欢方小姐所唱的歌。

一天，方小姐来巡察配音间，这个小助手见机会来到，即刻拿了方小姐的唱片让她签名，一方面表现自己是她的歌迷，另一方面看看方小姐会不会因为他欣赏而升职。

翌日，他被炒了鱿鱼，原来方小姐不喜欢人提到她当歌星的往事。这时大家又想起王福龄，说他聪明绝顶。

四海之内

皆兄弟

东尼·寇蒂斯印象

你大概不会记得一个叫东尼·寇蒂斯的好莱坞明星。也许在深夜，你可以看到他主演过的片子《马戏千秋》(*Trapze*)，更常出现在荧光幕和电影节上的是《热情如火》(*Some Like It Hot*)。

友人美联社社长卜·刘说东尼来了香港，约好在香格里拉的龙虾吧见面。东尼预早出现，一头剪得短短的灰发，没有剥秃，还是穿着西班牙斗牛士式的短西装，领子翻上，七十九岁的人了，神气得很。

明星到底是明星，一眼望去，即刻知道。还没进入，在门口给一个客人认出，迫他签名，他乐意地动手。

坐下之后，我开门见山地："你从前的发型，梳得像条点心腊肠卷，掉在额上，我们都模仿过。"

"不只是你，我自己也模仿过。"他幽默地。

"这次来香港是玩？是公事？"

"我退休后开始画画，过几天我去伦敦开画展，先来香港住几天，做几套西装。"

东尼说完拉着那紧身的上衣，遮遮他那略为凸出的肚腩，我发现这一个晚上，他经常做这个动作，对于自己的身材，他还是很自觉的。

我很想问问他和第一任妻子珍纳·李的事，又想知道他第二个太太姬丝汀娜·嘉芙曼。嘉芙曼是位德国的大美人，主演过几部片，印象犹新，但是第一次认识就问私人事，总失风度，只好谈别的。

"史丹利·寇必烈克是我最崇拜的导演，你演过他的《风云群英会》(*Spartacus*)，他是怎样的一个人？"

东尼沉入回忆："啊！史丹利。一个完美的导演！他对电影的任何一个环节都深深地了解，甚至到片子应该在哪一间戏院上演最好。我们演员拍戏时，普通的导演总是叫摄影师大刺刺地把镜头在你面前一摆，就拍了起来。史丹利不同，他的角度永远是隐藏着的。他故意把摄影机放到一个最不显眼的地方，让我们不去感觉到摄影机的存在。史丹利是伟大的！"

"片子里有一场戏当年上映时是剪掉的。"

"对了。"东尼听我提起这件事，兴奋了起来，"我在戏里演一个年轻英俊的小奴隶。我的主人是罗伦斯·奥利花演的罗马将军，我服侍他出浴，替他擦背，他一面吃蜗牛肉，一面望着我，说：'有些人喜欢吃蜗牛，有些人喜欢吃生蚝，我两样都喜欢！'我听了之后即刻心中哇哦反应！你想想看，这部片子在三十四年前拍的，那时候他已经够胆描述同性恋，而且讲得多么地潇洒！"

"那么罗伦斯·奥利花呢？"

东尼显然对他的印象不佳，但不正面地讲他的坏话："好演员，一流的好演员，他是一个深谋远虑的人，任何动作都计算过，这只手拿什么东西，拿到哪里，都心中有数，绝对分毫不差，像个时钟没有什么人性。"

转一个话题，我问："你是意大利人吗？"

"不，不，"东尼说，"我给人家的印象都像一个意大利人，其实我是匈牙利人，父母一早移民到纽约。"

"有没有回过老家寻根？"

"去了。"东尼神色沉重，"不提也罢。"

又转个话题："你当过海军的。"

"是呀！"东尼乐了，他叫道，"你真清楚，我做潜水艇里的小兵，太辛苦了，以身体不舒服为理由退伍的。"

身体不舒服能退伍？是因为当年东尼太过靓仔，没有人忍心拒绝他的要求吧，我心想。

还是离开不了老本行，东尼说："最近保罗·纽曼讲以前在大公司大片厂的生活太好了，有归宿感。我也有同感，那时候在环球片厂里，我们拍完片就去吃饭喝酒，和上下班差不多，哪里像现在的演员，天天在搏老命！"

"你现在还喝不喝酒？"我问。

"不了。"他摇头，"肉也少吃，只吃白肉。"

不过他看我不停地举杯，再也忍不住，要了伏特加。

"死就死吧。"他说。

喝了几杯，兴致到了。他表演欲很强，不断地用刀叉和香烟变魔术，他说："这是在《魔术大王》（Houdini）中学来的，做演员就有这么一个好处，每拍一部新片子，演一个新角色，就学这个角色的人生技巧，而且片厂派来教我们的都是大师级人物。除了这玩意儿，我还会击剑、空中飞人、开枪……"

他的魔术表演吸引得周围的客人都探头来看，东尼还是很需要观众的。

"你问了我那么多东西，不公平，"东尼静下来之后问我道，"谈谈你的事，你这个黄色包包是哪来的？"

我说："泰国和尚送的。有一次我们在泰国拍戏，依中国习惯来一个开镜礼，请了个高僧，要他祈祷天不下雨。和尚做了法事，向我们说：行了，一定不会下雨的。哪知道从第二天就开始下，一下就下了两个星期。"

"后来呢？"东尼追问。

"我去责问，那高僧说：'不过，这些雨是为了农民下的呀！'我听了只有俯首称臣，后来做了朋友。"

东尼听了大笑，向我说："我喜欢你这个故事。"

"我更喜欢你告诉我的故事！"我说。

他过来抱抱我。

加藤和尚

自从和加藤分开，已有二十年。

做学生时，加藤在嬉皮士出没的地方遇到一个美国水手，送给他半根大麻，他刚要抽，就给警察抓到。

被判罪之前，他要求我们为他请个律师，证明抽大麻的害处不多过酒精，虽然一定要入狱，也要留下一个记录，让后人有多一份证据。

三年后出狱，我已离开东京，他身穿黄袍，出了家，告诉我的女秘书要由日本走路到香港来看我。

这么多年来，我也常想起他，不知道他人在哪里，有一天去西藏拍外景时，会不会遇到他为凡人念经。

这次重访东京，在十字路口有人叫我。

转头，不是加藤是谁？

大喜，想抱他，但又不知道和尚吃不吃这一套，手停在空中，他反而亲热地前来摸我的头发。

"我现在住在美国，我们在乡下有个小小的庙，刚好有点事回东京，想不到会遇上你，"他微笑着说，"每次回来，都到办公室找你。"

"变了和尚，还挂着我们这些俗人干什么？"我问。

他点头："尘世没有办法忘记，到现在还是有很多苦恼，一直到死那天，也丢开不了。"

我仔细观察加藤，发现他的样子和二十年前没有怎么变，神态倒是安详得多，大概是因为吃素的关系吧。

"你还喝不喝酒？"我不客气地问。

"偶尔。"他答得坦白。

"吃肉呢？"

"偶尔。"

我还天真地以为他已放弃了一切。

"我现在最想做的，就是去柬埔寨和缅甸，把去世的日本人的骨头拣回来。"加藤说。

我已忍不住地骂他："你这家伙，到现在还是迷恋电影，要学《缅甸的竖琴》里那个和尚。"

加藤尴尬地承认："当年你包中国饺子给我们吃，我也一直记住。"

转个话题，我好奇地问："美国现在流行很多旁门左道的宗教，那是为什么？"

"都是因为我们这些正式和尚不够努力。"加藤叹了一口气后合十。

我不知道这个又喝酒又吃肉又忘不了往事的人是怎么一个和尚，但是最少他没有把罪归在别人身上。

大家互望，已到再次分开的时刻，相拥后走远。

大岛渚

一九八三年，香港金像奖请大岛渚为嘉宾，我当翻译。

到了机场，各记者只收到一份主办当局对此届金像奖的新闻稿，而对特别请来的国际闻名导演没有一点资料，我即刻将我所知的关于大岛渚的过去作品与未来计划详细地向大家报告。

大岛抵达后进入记者室，我将问题一一翻译。至少，可以说还是词能达意。记者们和大岛渚有了沟通。

随即，亚洲电视有一个访问节目，什么名字我忘记了，他们要我帮忙，这是没有打在预算之内，我也当成额外花红，欣然答应。

编导对大岛的背景很详悉，问题又有重点，我们很快地做完这个节目。

往酒店旅途的车中，大岛告诉我："这年轻人的发问，水平很高，我感到高兴。希望能够和他多谈。"

酒店的会议室里，舒淇、金炳兴、黎杰、加思雅、徐克、刘成汉、李焯桃等包围着大岛，讨论了许多创作的过程和导演们共有的难题，气氛融洽。

电梯里，大岛说："你看，香港的电影人多年轻，我很妒忌，但是，也可以说，我很羡慕他们。"

再赶到会堂，我们要到现场一看，但被引入贵宾室的鸡尾酒会，大岛和我皆好杯中物，虽然只有水果酒，口渴了半天，也已垂涎。正要冲前牛饮，即有人拉我们去彩排。

我即刻向大岛很严肃地说："工作要紧！"

日本人这句话最听得进去，大岛马上大点其头，嗨嗨有声。

大岛紧张地："编导要我做什么？"

我说："工作人员自然会告诉我们，说你不用急。"

被带到后台，貌美可亲的一位小姐把程序说明，又叫大岛等门一开，就走下去。

看到那倾斜度很高的塑料梯阶，大岛心里发毛，转头对着我："是不是大丈夫？是不是大丈夫？"

大丈夫的日文意思和中国话差得远，翻译为："不要紧吧？不要紧吧？"

我说："当然大丈夫，我们拍外景什么山都爬过，这点小意思大丈夫。"

大岛觉得有理，又大点其头，嗨嗨有声。

工作人员叫我们看着指导荧光幕，出现什么片段，就叫出提名者是什么公司出品。大岛说中国片名读不出，又没有看过大部分的片子，嘱我喊提名，我一想也有理，但坚持他要读出得奖者。

他说："我不知道是哪一部得奖，到时看了三四个汉字，也很难念。"

"讲英语好了，看到第一个字是投，就用英语叫 *Boat People*。"我说。

"你怎么知道一定是它？"大岛问。

"这部片不得奖天公就没有眼睛，相信我，我的猜测不会有差错！"我回答说，"不然，就赌五块。"

大岛心算，五块钱港币还不到两百日元，便懒得睬我。

老友倪匡和黄霑相继来到，又有钟楚红助阵，相谈甚欢，大岛神态安详，是我所见过的最有风度的日本导演之一。

第一个出场的是陈立品，我把她的功绩说明，大岛渚很赞赏大会的安排，认为是品位很高，大力鼓掌。

慢慢地，他开始打呵欠。担心如何提高他的兴趣的时候，忽然，一阵香味传来。

追索来源，原来是坐在我们后一排的倪匡兄打开他的私伙三号白兰地，正在猛饮。

我向他瞪了一眼，倪匡兄只好慷慨地把瓶子递过来，我也识趣，只饮一小口，然后向大岛示意。

道貌岸然的大岛一手将瓶子抢过去，大口吞下，速度惊人。

倪匡兄看了大笑，要我翻译道："喝酒的人，必是好人！"

大岛即又点头嗨嗨。

跟着看了一会儿，大岛的眼皮开始有一点重了。他转过头去，不管倪匡兄会不会日语，说："我上一部戏《圣诞快乐，劳伦斯先生》的编剧也好此道。我们两人一早工作，桌上一定摆一瓶酒。到了傍晚，大家都笑个不停。我相信到香港来写剧本的时候，一定会和你合作愉快！"

我把他的话翻给倪匡兄听，他也学大岛点头嗨嗨不迭。

轮到我们上台，在等门开走出的时候，我建议："不如你把要讲的话说一遍，让我们先对一对好不好？"

"好，我说这是第二次来香港，亲眼见到了香港的繁荣。香港电影的工作者都很年轻，我看到一股强烈的朝气，愿这金像奖带给大家更多的鼓励！"

我自己在脑里翻译一遍，点头嗨嗨。

出场后，大岛一开口，全不对版，尤其后来他看到果然是《投奔怒海》，大为兴奋，直赞许鞍华，给我来一个措手不及。

好家伙，既来之，则安之，我也兵来将挡地乱翻译一番，好在没有大错，得个功德圆满。

散场后，主办人安排我们去高级餐馆吃饭，由李焯桃兄陪伴。

我们抵达时还能够在电视上看到颁奖典礼的最后一段。大岛说："噢，原来不是直播，时间比现场慢。这样太好了，编导有充分的时间将闷场的地方剪去，我们日本的电视节目很少有这种机会！都是现场立刻转播。"

同桌的有许鞍华、徐克和施南生以及《亚洲周报》的记者。

施南生坐在大岛的旁边，大家都知道她幽默感强，是位开心果。

不出所料，引得大岛一直哈哈大笑。

我心想你等会儿试试施南生的酒量，才知道她更是女人中的女人。

果然，施小姐开始她的猛烈攻击，不停地敬酒，但是大岛一杯又一杯，点头嗨嗨，没有醉意。

有人问大岛是不是头一趟来香港，他开怀地说："第二次了。一九六五年来过，当时计划去越南拍一部纪录片，只能在香港等签证，住了一个礼拜。战争正如火如荼，不知道去了有没有命回来，就先大享受一番，每晚在酒店中锯牛扒！"

我们都不相信："哪只有锯牛扒那么简单？"

大岛又畅笑。

饭局完毕，直驱好莱坞东的士高。

主办者在那儿开派对欢迎我们。大岛初尝特奇拉拍子酒，感到很有兴趣，喝了多杯。

当晚，大岛很清醒地说要早走，我送他到旅馆。

他再三地道谢，向我说："蔡澜，以后你在日本颁奖，由我来做翻译！"

我们大乐而别。

大鹤泰弘

在拍《金燕子》的时候，用了一个日本美术指导，名叫大鹤泰弘。

此人大有来头，是日活片厂①的五指可数大师，许多石原裕次郎的卖座片都是由他设计的。

当时我很年轻，大鹤大概看我这小子不顺眼，处处与我为难，弄得我不容易下台。说什么也还是一个制片，为了整体的团结，我忍了下来。

以为这便能无事，哪知道他变本加厉地作怪。一天，收工后我约他到一无人处，向他说："不要做人身攻击，先把戏拍好再说。要是你忍不住，那我们现在就一个打一个。来吧，我不怕你。"

他快要动手，但到底还是打不成。之后，我们的关系搞得比较好。

拍片时期各自在工作上有表现，也就顺利地拍完外景。杀青那晚，他拿了两大瓶清酒来我房间，大家喝醉，不分胜负。

---

① 日活片厂：指日本活动写真株式会社。

接着，我带队和陈厚、何莉莉等去马来西亚拍戏，大鹤也是工作人员之一。

在南洋，他接触了当地民生的悠闲，是在繁忙的东京无法领略的。回到日本之后，他开始蓄胡子，又喜欢到各地旅行。

后来，他干脆连电影也不干了，拿了公积金和一生储蓄去开间餐厅，专卖咖喱饭。生意不错，但是还不满足，卖掉餐厅之后，他奇装异服地到处流浪，成为一个老嬉皮。

疲倦回日本，他在乡下买了一块地，种田去也。这些年来他忙于写作，自费出版了一本叫《我的田园归》的书，送了我一册。

我以为是什么诗赋，大鹤始终是怪人一个，里面写的尽是关于一个城市人如何成为务农人的数据，如土地的契约怎么办理，买什么肥料等，一点也不诗情画意。

上次去乡下找他，他是变了一副百姓相，只有那两只闪亮的眼睛和以前一样。他说他怀念电影，偶尔也打游击式地去东京做一部戏的美术指导，其他时间花在耕耘上。

当晚我们大醉，又是不分胜负地收场。

忆藤本

东宝制作公司的社长藤本真澄，中国电影圈里大概还有些人记得他。

很久以前他常来香港拍《社长》电影片集。后来，他也曾力捧尤敏成为日本影坛的红星。宝田明、加山雄三等都是他一手提拔的，但是，比起他监制黑泽明的影片，这些都不值一提。

黑泽明在日本，工作人员称他为"天皇"，也只有藤本敢和他吵架，刺激他拍《用心棒》《椿三十郎》等较商业性的片子。他们又分开又结合，到最后还是好朋友。

藤本是一个大胖子，戴着一副厚玻璃眼镜，几个圈子后面，闪耀着两只敏感的小眼睛。他给人家的印象是性子又急又火爆，讲话声音又大又沙哑。日本电影圈里有什么鸡尾酒会的话，只要听到有人在呱呱大叫，那大家知道藤本已经来了。因为他资历深，影坛中人都对他敬畏，他更是威风。

就在这么一个聚会中，我第一次遇到藤本，他像一只蛮牛一样地推开人群跑到我面前，说："君，你新上任，应该多买我们公司的片子！"

当时我当一家机构的日本分公司经理，只有二十出头，血气方刚，不喜欢他那嚣张的态度，但还是强忍下来，不卑不亢地回答："君，这个称呼是年纪大的人对比他们小的人用的。我年轻过你，本来你可以这么叫我。但是，我代表的公司买你们的电影，顾客至上，你应该明白，藤本君。"

他一下子呆住，不知怎么接口。

"以后，我还是叫你 Fujimoto-San，你叫我 Chai-San，如何？"我说完伸出手来。

藤本本来沉住脸，但是忽然放声大笑，说："好小子，就这么办吧！"

后来，我发觉他的个性一如其名真澄，又很孝顺。红得发紫的女明星新珠二千代和他有段情，因为他母亲反对，弄得终身不娶。藤本解释他的性子为什么那么急："我在德国的时候，乘火车看到厕所的一个牌子写着：请快一点，还有其他人在等。以后这成为我的哲学，做什么事都要快！"

藤本真澄带我去银座的一家寿司店，它的特征，门口挂了一个极大的红灯笼。

一进去，发觉店子很小，客人围绕着柜台而坐，再也没有其他桌椅，只能服务十个八个。更奇怪的——它的柜台没有玻璃格子，看不到鱼或贝类。

大师傅向藤本打招呼，两人如多年老友交谈，我插不上口，便先喝清酒。酒比其他地方干涩，但很香浓，藤本说是为这家店特酿的。

心中在嘀咕不知要叫什么东西吃时，大师傅捏呀捏呀，炮制了两个小饭团，只有通常吃的半个之大；一个上面铺着一片鱼，另一个是一片象拔蚌。

我伸手把后者拿了蘸酱油吃下，真的齿颊留香。大师傅瞄了一眼，心中暗暗地记住。之后，他一样一样地弄给我吃，都是以贝类为主，等到你认为单调的时候，大师傅又在中间穿插上一两片鱼类的寿司。每一次提出来的东西，都和前一次的味道不同。

"来这里的客人，从来不用开口，大师傅会观察你的喜爱。一出声便是老土了。"藤本低声地告诉我，"他们先从鱼类和贝类分开，再试看你要淡味还是浓郁的，一直分析下去。只要你来过一次，大师傅便会将你的口味记住，所以这里不用将食物摆出来让客人点。你表现得很好，没有出洋相。"

"东洋相。"我修正道。

藤本大笑，继续和大师傅聊天。吃了好些生东西，正想要有点变化时，大师傅挖了一个大鲍鱼，切下两小片扔入一个小钢锅，倒入清酒，在猛火上烧，又摆在我面前，肉是半生半烤焦，入口即化。

接着，我想喝汤来汤，吃泡菜来泡菜；倒最后一滴时，新的酒瓶又捧来。

好家伙，什么都给他猜透了。

最妙的是，他们还能注意到客人的食量，没有说吃不够，或者是吃剩一块的。当然，价钱是全日本最贵的一家。以人头计，一走进这店子吃多吃少都要付巨款，但是走出来的人，从来没有一个呼冤叫枉。

我也是个急性子的人。藤本和我一老一少，什么事都很谈得来。他每次去外国经过香港，一定来找我，因为他知道我和他一样好吃，会带他去新发现的好菜馆。对我他还算客气，要是他和他下属吃饭，自己的肚子一饱就摔开筷子和汤匙，扔下钱马上上路。

藤本的酒量惊人，不消一个半小时，我们一喝就是两瓶威士忌。大醉后，他常告诉我一些趣事：

黑泽明在苏联拍《的斯·乌查拉》的时候，藤本老远地跑到莫斯科去探班，两人一起到一间高级餐馆。

在那冰天雪地的地方，黑泽明已经好几个月没有吃到新鲜蔬菜了，那晚上看到菜单上有包心菜，不相信自己的眼睛，叫侍者来问，侍者点点头。黑泽明大喜。

两人各叫一份包心菜，耐性地等待，不到三分钟即刻上桌，原来侍者捧来的是两罐罐头，啪的一声倒在碟上，这就是莫斯科的蔬菜，把黑泽明气个半死。

"还有一件更气人的事！"黑泽明告诉藤本。

"怎么啦？"藤本问道。

"有一次，我睡不着，跑到外面去喝伏特加，三更半夜才回酒店。

第二天，我睡得不够，头痛得不得了，就打个电话给有关单位，说我感冒了，人不舒服，不拍戏。"黑泽明叹了一口气，"唉，哪晓得他们拆穿了我的西洋镜，骂我是喝醉了诈病！"

"他们怎么知道？"藤本问。

黑泽明摇摇头："旅馆的每一层都有一个负责打扫的老太婆，她们都是KGB①呀！"

我患了眼疾，到东京去的时候，藤本亲自带我去找他的眼科医生治疗，又介绍我另一个吃生鱼的铺子，我从来没有试过那么好的刺身。

晚年，他的声音越来越沙哑，检查后才知道是食道癌。

我送了燕窝和人参，但已无效。

他去世时我本想去参加葬礼，俗事缠身走不开，心中十分难过。

日本设有藤本真澄奖，颁给最优秀的制片人，今年已第三届了。

---

① KGB：克格勃，此处类比是开玩笑。

老人与猫

岛耕二先生在日本影坛占着一席很重要的位子，大映公司的许多巨片都是由他导演，买到香港来上映的有《金色夜叉》和《相逢音乐町》等，相信老一辈的影迷会记得。

出身是位演员，样子英俊，身材魁梧，当年六呎高的日本人不多。

我和岛耕二先生认识，是因为请他编导一部我监制的戏，谈剧本时，常到他家里去。

从车站下车，徒步十五分钟方能抵达，在农田中的一间小屋，有个大花园。

一走进家里，我看到一群花猫。

年轻的我，并不爱动物，被那些猫包围着，有点恐怖的感觉。

岛耕二先生抱起一只，轻轻抚摸："都是流浪猫，我不喜欢那些富贵的波斯猫。"

"怎么一养就养那么多。"我问。

"一只只来，一只只去。"他说，"我并没有养，只是拿东西给他们吃。我是主人，它们是客人。养字，太伟大，是它们来陪我罢了。"

我们一面谈工作，一面喝酒，岛耕二先生喝的是最便宜的威士忌Suntory Red，两瓶份一共有一点五公升的那种，才卖五百円，他说宁愿把钱省下去买猫粮。喝呀喝呀，很快地就把那一大瓶东西干得精光。

又吃了很多耕岛二先生做的下酒小菜，肚子一饱昏昏欲睡，就躺在榻榻米上，常有腾云驾雾的美梦出现，醒来发觉是那群猫儿用尾巴在我脸上轻轻地扫。

也许我浪费纸张的习惯，是由岛耕二先生那里学回来的，当年面纸还是奢侈品，只有女人化妆时才肯花钱去买，但是岛耕二先生家里总是这里一盒那里一盒的，随时抽几张来用，他最喜欢为猫儿擦眼睛，一见到它们眼角不清洁就向我说："猫爱干净，身上的毛用舌头去舔，有时也用爪洗脸，但是眼缝擦不到，只有由我代劳了。"

后来，到岛耕二先生家里，成为每周的娱乐，之前我会带着女朋友到百货公司买一大堆菜料，两人捧着上门，用同一种鱼或肉，举行料理比赛，岛耕二先生做日本菜，我做中国的。最后由女朋友当评判，我较有胜出的机会，女朋友是我的嘛。

我们一起合作了三部电影，最后两片是在新加坡、马来西亚出外景。遇到制作上的困难，岛耕二先生的袖中总有用不完的妙计，抽出来一件件发挥，为我这个经验不足的监制解决问题。

半夜，岛耕二先生躲在旅馆房中分镜头，推敲至天明。当年他已有六十多岁。辛苦了老人家，但是我并不懂得去痛惜；不知道健壮的他，身体已渐差。

岛耕二先生从前的太太是大明星大美人的轰夕起子，后来的情妇也是年轻美貌的，但到了晚年，却和一位面貌平凡开裁缝店的中年妇人结了婚。

羽毛丰满的我，已不能局限于日本，飞到世界各地去监制制作费更多的电影，不和岛耕二先生见面已久。

逝世的消息传来。

我不能放弃一班工作人员去奔丧，第一个反应并没想到他悲伤的妻子，反而是："那群猫怎么办？"

回到香港，见办公室桌面有一封他太太的信。

"……他一直告诉我，来陪他的猫之中，您最有个性，是他最爱的一只。

（啊，原来我在岛耕二先生眼里是一只猫！）

"他说过有一次在槟城拍戏时，三更半夜您和几个工作人员跳进海中游水，身体沾着漂浮着的磷质，像会发光的鱼。他看了好想和你们一起去游，但是他印象中的日本海水，连夏天也是冰凉的。身体不好，不敢和你们去。想不到你不管三七二十一地拉他下海，浸了才知道水是温暖的。那一次，是他晚年中最愉快的一个经验。

"逝世之前，NHK 派了一队工作人员来为他拍了一部纪录片，题名为《老人与猫》。

"我知道您一定会问主人死后，那群猫儿由谁来养，因为我是不

214

喜欢猫的。

"请您放心。

"拜您所赐，最后那三部电影的片酬，令我们有足够的钱去把房子重建，改为一座两层楼的公寓，有八个房间出租给人。

"在我们家附近有间女子音乐学院，房客都是爱音乐的少女。有时她们的家用还没寄来，就到厨房找东西吃，和那群猫一样。

"吃完饭，大家拿了乐器在客厅中合奏。古典的居多，但也有爵士，甚至于披头士的流行曲。

"岛先生死了，大家伤心之余，把猫儿分开拿回自己房间收留，活得很好……"

读完信，禁不住滴下了眼泪。那盒录像带，我至今未动，知道看了一定哭得崩溃。

今天搬家，又搬出录像带来。

硬起心放进机器，荧光幕上出现了老人，抱着猫儿，为它清洁眼角，我眼睛又湿，谁来替我擦干？

海外嘉宾

　　邵氏制作的《天下第一拳》（1972）在意大利发行时改名为《五根手指的暴力》，是指片中用鹰爪挖破对方肚子的场面，西方观众从没看过，大呼过瘾。香港驻多伦多经济贸易办事处的处长卢洁玮在满地可^①的 Fantasia 电影节（加拿大奇幻国际电影节）也曾经说过："这是香港首部卖到北美主流市场的功夫片，取得骄人的成绩，自此以后香港功夫片风靡全球，功不可没。"

　　意大利导演 Antonio Margheriti（安东尼奥·马格赫特）最是抓住这个机会，请《黄昏三镖客》（*The Good, the Bad and the Ugly*）（1966）中的 Lee Van Cleef（李·范·克里夫）和《天下第一拳》的男主角罗烈对立，拍了《龙虎走天涯》（*The Stranger and the Gunfighter*）（1974），香港发行时觉得片名太长，改为 *Blood Money*。

　　Lee Van Cleef 来港时已深深中了酒精的毒，手中一定要有一瓶伏

---

① 满地可：蒙特利尔。

特加，一天数瓶，喝得不省人事。他的头已秃，演反派的话秃就秃，没什么要紧，但担正英雄就形象不佳了。好莱坞替他做了一个完美的头套，那是圆圈圈，什么角度看都是一样长短假发。为什么那样做？方便他戴时只要往头顶中间一贴，就能遮住那秃头。每次轮到他上阵，我都要去把他扶起来，忍受着他那臭气冲天的口气，拉到镜头前面，说也奇怪，导演一喊 camera，演员天性就自动地发挥出来，不管多醉，也能把那场戏完成。我一向感叹吃演员这一行饭的人，他们就有这种天生的才华。

另一边厢是罗烈，他来自福建，是个印尼华侨。我早在第一次来港时就和他成为好友，当年他和午马两人是最佳傍友，常黏着张彻吃免费餐的。罗烈有一身强壮的肌肉，有次六先生还按着他手臂上的那块老鼠肉，开玩笑地说可以拿一百万港币来和他交换。

罗烈是位好演员，但私底下毛病甚多，他控制不了眼部神经，眼角会不停跳动，看起来像不断地眨眼，可是一站在镜头面前，眼睛即刻发出光芒，跳也不跳了。

邵氏影城是一个巨大的工厂，在中间工作的人都是一个个的小螺丝，片头上的监制字幕，不管是谁负责的，都轮流地挂着邵逸夫和邵仁枚。

越早知道这个事实越安心，我在邵氏的那些年锐气已被磨平，觉察没有什么作为，这是我一早就接受的了。好玩的是其中交往的各种类型的朋友和解决制作难题，以及出外景时的乐趣。

　　慕名来这东方好莱坞的人的确不少，可能是因为我精通外语，招待嘉宾的任务都交在我身上。印象最深的是摩纳哥国王和王妃，来影城参观时两人已上了年纪，都有点发胖。大概是格蕾丝·凯利还对电影念念不忘，来到香港说要来邵氏影城走一趟，我带着他们四处走，王妃看到进行中的电影制作非常感兴趣，问长问短，国王则甚少发言，这时方小姐一派人都不懂礼貌地挤上来要和王妃合照，我要阻止已来不及，看到王妃只是略略皱一下眉头，还是一直保持着王室风度，记忆犹新。

　　当年喜剧演员丹尼·凯（Danny Kaye）也来了，带着的是一个肥胖的中年男人，喋喋不休地骂这个骂那个，给丹尼·凯大喝一声才住声，没有看到，真不会相信他是个同性恋者。另一个喜剧演员"不文山"Benny Hill（班尼·希尔）就好得多，不过可能这一行饭吃久了，凡一对着镜头，即刻发挥他的喜剧才能，做些鬼脸才肯罢休。

　　前来拍戏的 Peter Cushing（彼得·库欣）又高又瘦，整个人就是英国绅士的形象，温文尔雅，说话也很小声，他告诉我的是他的名言："谁会要看我演哈姆莱特？很少吧？但有几百万人都想看我扮僵尸杀手，我当然也乐意扮演。有时候观众会觉得我是一个怪物，但我从来没有扮演过那些角色，我演的只是杀怪物或制造怪物的人。

　　"其实，我是很温柔的人，我连一只苍蝇也没有杀过。"

　　"那你平时喜欢做些什么？"我问。

　　"我喜欢用望远镜观察鸟类。"这个答案是我预料不到的。

连德国拍艺术片的导演 Wim Wenders（维姆·文德斯）也来了，他老是问我："你们为什么不拍一些得奖的电影？"

我也老实回答了："我们不会呀。"

Peter Bogdanovich（彼得·博格丹诺维奇）也来了，他是影评家出身，早期的电影像《最后一场电影》(*The Last Picture Show*)（1971）得到无数人的赞赏，后来也拍了一些卖座的好莱坞片，像《疯狂飞车大闹唐人街》(*What's Up, Doc?*)（1972），他本人言语无趣又自大，一直说他有多少个管家。在美国有管家的人是不多，但无须向我这种年轻小辈炫耀，我和他一起吃饭时，看得呆的是他的太太 Cybill Shepherd（斯碧尔·谢波德），当年的确是大美人一个。

也不全是演员和导演，印象深的反而是海外的记者，有位叫 Oriana Fallaci（法拉奇）的意大利人，当年还不知道她是一个厉害人物，只是和她很谈得来，我去罗马旅游时也找过她，请我吃饭时喝醉了，说她当战地记者时出生入死，看我不相信的表情，马上把衣服脱了，身上伤痕累累，不得不服。

菲立普的故事

我们在泰国森林拍一部不值一提的商业片，剧本需要一对男女，演美国士兵和战地记者，结果选了两名法国青年来担当，预算不够，他们都是新人，片酬便宜。

大家在过程中已发生浓厚的情感，电影拍完，也要分开了。这一别离，一转眼，已数十年，虽然每年还互相寄圣诞卡，但从没机会重逢。

男的叫菲立普，最后一次通信，他留了一个电话。这次去巴黎，打了一个给他。

"哇！"对方狂喜，"你什么时候到的？"

听声音，极为沙哑，到底发生了什么事？追问道："昨晚玩了整夜，没睡好？"

"我来你的酒店找你，到时慢慢聊。"菲立普说。

约好在大堂，但他走进来时差点认不出，好在他是一个身高六呎二的人，身形还没变，但已光了头。

互相拥抱，走进咖啡室吃早餐。

菲立普解开围巾，露出颈项中的伤痕："喉管患了癌，开了刀，才弄出这把声音来。"

"……"我不知道怎么安慰他。

展开他那孩子脸的独特笑容，他说："医生要切除时告诉我，打开了才知道那颗肿瘤有多大；要是巨型的，整个喉管都要拿掉。"

"那会怎么办？"我只有那么问。

"在颈项开一个圆洞，用只震动器，对洞口发音，说像机械人的话了。"

"什么？"

"这还不要紧，"菲立普说，"最糟糕的是再也不能吃东西，要用一条喉管在肚子外面倒食物进去。"

"我记得你最爱吃的了，那不是死了更好？"

"还不是吗？"他又笑了，"好在这颗瘤不是太大，我被麻醉后醒来，医生那么说，结果只割了一半，剩下的，就是现在这种样子。"

"算是好彩了。"我说。

菲立普继续："好彩的不是喉管只剩了一半，好彩的是你给我在东方过的那段时光。"

"这话怎么说？"

"到泰国之前，我从来没有旅行过。跟你们在一起住在森林八个月，学会了等天晴，学会了佛教的安详，学会了人生应该积极。回到法国，我虽然是一个小演员，但总算在外边拍了一出戏，可以拼命找机会去演，后来也给我闯出些名堂来，组织了一支乐队，灌过几张唱片。"菲立普滔滔不绝。

"但是和开刀又有什么关系？"

"我学会了人生并不会因为一件不幸的事而完结。虽然我不能再唱，也没人找我演戏，但是我把患病的情形和动完手术后的心理写下来，找到出版商，他们认为有阅读的价值，出了本书，还卖得很不错。"

"恭喜你。"我说。

菲立普苦笑了一下："做作家的生活是很清寒的，我不能决定是不是可以挨下去。"

"当然要努力多写几本。"我鼓励。

"写些什么呢？"他问。

"写你第一次到泰国时的经历呀！"

"啊，"菲立普的表情充满阳光，"那是美好的。"

"美好的写出来有更多人看。"

"开刀的过程虽然是苦闷，但是我用幽默的字句写出来，没有伤感，只剩下无奈。"

"用同样的笔法写你的青春也行。"我说。

"对。那一组工作人员对我都很好，有个泰国武师还请我去冲凉呢！人体按摩，对我来讲，简直是不可思议的性行为！节日里，泰国人在纸花盆中点灯，漂在河上，几千盏，把整条河都照亮了！"

"是呀，都是好题材。"

"还有每天下雨，我们只好泡在小旅馆的餐厅中，和陈可辛、赵良骏一起玩乐器，一块儿唱美国歌，那段时光，太幸福了！到了晚上，西赛儿就拉我去做爱，你记得西赛儿吗？"

"谁会忘记她呢？"我说。西赛儿就是和他一起来的那个法国女主角："她不只和你做爱，全组工作人员都和她有一腿。"

"除了你。"菲立普笑了，"她一直说要你的，是你不要。"

"那么美丽的蓝眼睛，我怎会不想？"我说，"不过是怕染病罢了！"

"是呀，我一回到法国也马上去检查身体，好在没事。"菲立普说。

"我后来再也没遇到一个像她那样又狂又野的女子，你知道她后来的事更多，写下来吧！"

菲立普好像已经找到一条路线，点点头："好吧！今天回去，我就写她，书名叫什么呢？"

分开的时刻又到了，我们道别："我也写一篇，就叫西赛儿的故事吧！"

满足

怀着兴奋的心情上路，我又要到荷兰阿姆斯特丹向丁雄泉先生学画画。

把一切杂务处理好，轻轻松松等到半夜十二点上机。之前在友人家吃了一顿大闸蟹，候机楼中再猛嚼些东西，饱了。

新机舱可以平卧，奉送的一件宽薄的睡衣也真管用，即刻换上。最舒服的，还是那条丝绒的被单，很厚，但很轻。

飞欧洲，气流多数不稳定，扣上安全带，让它乱抛，已不关我事。

经时差，第二天清晨六点钟便能抵达。由香港飞阿姆斯特丹要十二个半小时，我睡足了十个钟，比在香港还多，已经很久没有那么好好睡个饱。

起身，刷牙洗脸，从数十部电影中挑选一部，放进录像带机，闷的话可以随时入眠，醒来再看过。

国泰机有新菜单，由"镛记"老板甘健成兄设计的食物，肚子再饱也得试它一下。

有牛腩面，就来一客。等待之间，想起机内食物，多由外国厨子选定，不太照顾东方客人的胃口，永远是牛扒、鸡胸或银鳕鱼三种最闷的东西。要是法国佬还有点花样，遇到一个德国大厨，就淡出鸟来。

有时向他们建议些变化，总是推三推四说："机上设备有限，食物需要加热，所以弄出来就是这样的了。"

东方食品，有些是越加热越好吃的，尝过没有。

健成兄很聪明地做了牛腩，它就是越加热越好吃的例子，美中不足的是汤还是太普通了，"镛记"的清汤牛腩做得顶呱呱，依足炮制，已是佳肴，加热时才下中国芹菜，完美上桌。

已经不能要求太多，有这碗牛腩面当早餐，朕，满足也。

充实

从窗口望出，下面一片银海，看得清清楚楚，这个都市空气污染并不严重，政府鼓励人民用脚踏车，减少汽车的废气。

天刚亮，飞机降落阿姆斯特丹机场。

行李多的话，可叫巨型的士，贵不了多少，一般的轿车的士，用的都是最新型的奔驰车，向骄傲的香港奔驰车主搁了一巴掌。

从机场到市中心旅馆，只消十几二十分钟，车租不到一百港币，比赤鱲角近得多。

下榻的希尔顿是间老酒店，几十年前约翰·列侬和大野洋子在这里拍了脱光衣服的床上照片，从此名声大噪。

住这间旅馆当然并非披头士迷，它离丁雄泉先生的画室，徒步十分钟。

太早，房间还空不出，又在旅馆的意大利餐厅 Roberto 吃个自助餐早饭，从昨晚到现在，好像吃个不停。这次的旅行，可能增加数公斤体重。

放下行李，出外散步，早上的空气是那么新鲜，这是离开了亚洲每次都感到的情形，我们住的地方又热又潮湿，一到外地就觉得特别干爽。人们的表情也没拉得紧紧那么暴戾。

好了等到十点半，致电丁先生，他表示随时欢迎。

走出酒店，经过一条小桥，就看到那棵大树。倒影在河中，变成两棵。

"你看，这棵树的树干有多粗！支撑住至少一百万张叶子。"丁先生说过。

现在十月，温度在十摄氏度到十七八摄氏度，虽说秋天，已觉初冬。大树的叶子剥脱，没上次看到那么茂盛，有点垂垂老矣的姿态，但一到明年春天，又活跃起来，人老树不老。欣赏树木，多属晚年事，若能从年轻开始，也许二者都活得充实。

学画

丁雄泉先生的家从前是一间小学，买下来后把室内篮球场改为画室，可见有多宽敞，二楼为厨房，三楼才是卧室。

从前把住宅的一部分租给一家人开桑拿浴。去年火烧，把丁先生好些藏画都烧光，现在收了回来。改建之后，屋子更是巨大。

两扇木门画着绿色的鹦鹉，旧门画的花卉，曾经被人半夜偷走。不见门铃，轻轻敲了两下，丁雄泉先生出来开门，身穿黑色工作服，那对鞋子滴满五颜六色的油彩，本身已是艺术品。

又是那阵强烈的洋葱味，来自丁先生种植的大红花。我每次回香港都用箱子买了数十个大葱头，回去在泥土中一埋，每棵即长出三枝，一次四朵花，绝对没失败过。

墙上钉着画稿，是丁先生今天一早画好的，他说："等一下由你来填色。"

老人家对我真好，一般艺术家都不肯让人在作品中加东西，这好像是写文章的人，著作被人加入文字一样，怎能乱来？上次前来学画，丁先生也把画稿给我上色，后来还在画中写丁雄泉与蔡澜合作的字眼，羞煞我也。

七十三岁的人，教一个六十岁的学生画画，也是怪事。好在我没有成为巨匠的野心，随意乱涂，只想得到一点欢乐罢了。

我把礼物放进一个拉箱，一样样拿出来。里面有"镛记"的鹅肝肠，是丁先生爱好的。他看到我在拉箱上画的鹦鹉，说："你看自己的风格，和我在门上画的不同。"

被赞得有点飘飘然，但即刻醒来，在阿姆斯特丹的时间不太多，应该掌握一分一秒，能学多少是多少。

画了几小时，鞋子也染上油彩，是洗不掉的 acrylic①。丁先生用管毛笔沾了墨，一点点地为我涂黑，又是新鞋一双。

---

① acrylic：丙烯颜料。

小插曲

为丁雄泉先生做餐饭，以报答教画之恩。

我们到东西最多的 Albert Cuyp Market 去买菜，由几条马路组成，像旺角的女人街和后面的花园街街市。

一买就买了十几公斤的材料，抬到手软，丁先生女朋友说想吃猪手，决定煮个猪手花生，荷兰肉贩不分猪手猪脚，得慢慢挑选，不过有得卖已算好。

不知有没有生花生，在果仁档中要了一些，已剥了皮，放进口试了一颗，果然是生的。

顺便买了些腩肉，红烧起来香喷喷的，做这道菜比较有把握。

见荷兰人也卖萝卜，不如来个清汤牛腩吧。此菜可预先炖好，吃时加热就是。

鱼摊之中，只有魔鬼鱼看起来很新鲜，问丁先生女友家里有没有咖喱粉，确定之后准备做咖喱鱼。和台湾的虱目鱼一样的海鲜也出售，可用姜丝来做清汤。

蔬菜方面，A菜、豆芽和丝瓜。分别来炒，弄个三味。

知道做菜时自己吃不下东西，先向路边档要了一条青鲱鱼，此鱼荷兰人用醋生渍，看起来很腥，进口香甜，一点异味也没有，吃这鱼时举高手抓着，抬起头，整尾咬进口。最后以一杯烈酒佐之才是正宗。

回到画室，一面烧菜一面学画，这次是画女人丝巾的习作。

吃完饭后丁先生女友拿出生日蛋糕，插上一支蛋糕店送的火管，一点着，喷出火箭般的烟花，丁先生儿子来不及拍照，再点一支。

忽然，警铃大作，消防局的电话来个不停。

原来是烟雾传感器在作祟。丁先生的屋子被火烧过一次，特别敏感，各处都装上这些小道具，当晚没放音乐，但好像来了一场迪斯科，也算是个愉快的小插曲。

丁雄泉先生

黎先生传来短讯："丁雄泉已于数日前安然逝世。"

看了一阵悲伤，回复道："这也好。"

"唔，这也好。"黎先生同意。几年前一次跌伤，丁先生从此昏迷。说是变成植物人也不是，还有点感觉的。

关于生病的事，他家人不想让人知道，我一直没出过声，当今走了，大家已不介意了吧。

那么多的往事，一下子涌了出来。和丁先生在一起的日子，总是阳光，总是快乐，我在他身上学到的东西，实在太多。

没叫他一声老师，是因为我没正式拜过师，他当我是个朋友，已感幸福。一生之中，不是那么容易遇到一个真正的艺术家，而丁先生的确是一位真正的艺术家，不但在作品上得益，在做人方面的启发，更是厉害。

从香港去的飞机，一向是清晨抵达阿姆斯特丹，丁先生已经在门口迎接，见到我，就说："来，喝杯香槟。"

"早上喝香槟呀？"我问。

"香槟一定是晚上喝的吗？"他反问，"香槟，是高兴的时候喝的。"

在我的记忆之中，我们一见面就是香槟，不管是早上、中午或晚上。记得他家中有几个彩色的高脚玻璃杯，切割出白色的花纹。为名厂制造的古董，价钱不菲，一般人只摆在柜子里的，打破了怎么办？

"打破了再买呀。"他说。

挥金如土的个性，并非平凡的人拥有，丁先生对美好的东西不计较金钱。参观有才华年轻艺术家的画展时，也会一口气买下数十幅来，也许，这是令他想起当年自己开画展，一幅画也卖不出的往事吧。

我时常强调艺术一定要先把基础打好才行，但丁先生是唯一一位例外的，因为他的画不靠线条，全凭色彩。从他的大红、大黄、大绿的世界里，得到的欢乐，是无比的。当我要求向他学画时，他说："不要向我学，向大自然学。花朵、鹦鹉，甚至西瓜，颜色都是鲜艳的。要学，学做人有广阔的胸襟，学接受太阳的光彩。"

丁先生在纽约成名得比安迪·沃霍尔还要早，于二十世纪六七十年代，国际画评家已对他的画惊为天人。作品价钱极高，大家买不起，只有向他的海报着手，曾经是世界上复制品卖得最多的画家之一。

我也是由他的海报和画册认识的，一看好像被雷击，即刻着迷，从此不断找关于丁先生的数据来读。一次，在艺术中心的个展中遇见他本人，觉得他身体结实得像一个体育健将，看他事忙，也没去打扰。

后来由黎先生介绍，才知道原来他也喜欢看我的小品文，有了共同语言，更加亲切了，他比我大，就以丁先生称呼。我们常一起吃饭，丁先生的食量惊人，而且爱用手抓东西吃，这点和我一样，我们到菜馆，一叫就是一桌菜。

"你们两位请客，怎么其他客人那么大胆都不来？"经理问道，"到底请了谁？"

丁先生懒洋洋地："请了李白，请了毕加索，请了米开朗琪罗，都不得闲。"

吃那么多东西才有那么强壮的体力，而画西洋画，是需要体力的，毕加索在七八十岁的高龄，也壮得像块石头。丁先生一样，他换上衣服和鞋子，就开始作画，油漆溅在他身上，滴到他鞋子，都是一幅幅色彩缤纷的作品。

也从来没有看过画家有那么大的画室，是由一间室内篮球馆改建的，丁先生一有钱，就在阿姆斯特丹市中心买下一座荒废了的小学，装修成楼下画室，楼上住宅。

房子虽大，依荷兰人的习惯，门很小。丁先生嫌门板单调，就在上面画画，曾经被人偷过几次，还是画。

画室中，摆着大明星送给他的签名照片，马龙·白兰度、克里斯托弗和导演约翰·休斯顿等，女演员珍·茜宝的字迹更是亲密，丁先生从他的百宝柜中取出一大沓情书："都是她在巴黎拍《断了气》时写给我的。"

一下子，画室改为病房。丁先生倒下后，是荷兰籍女友为他布置的。护士们都很惜身，抱起病人要靠机器，所以室内加了一架小型的起重机。自动起卧的少不了，也有电动轮椅，虽然病人已不会操作了。

药水倒是闻不到，传来一阵强烈的洋葱味，是熟悉的。丁先生最爱的，就是这种种子像个洋葱，竿直的茎，开大朵的红、白、黄的花了。

对于呼唤声，他没有反应，抓着他的手时，像在握紧我的。忽然，看到他眼角有颗泪，我自己已泣不成声。

那么一等，就是六七年。是的，走了也好。久病床前无孝子这句话也灵验，丁先生的一对子女后来把房子也卖掉了，让他搬进一间狭小的医院病房。女友也被打发走了，很少有人去探望他，就算有知觉也是种折磨。

丁先生走了，他的色彩还是照暖我们的心。看拍卖行中中国当代画家的作品卖成天价，有几幅能像丁先生的带给我们欢乐？

安息吧，丁先生，您的画，会像太阳，升起，降落，又升起，让后代一直欣赏下去。

后记：

书至此，又接黎先生电话，说先生的死讯是误传。我也不顾他家人发表这篇东西了。他的一子一女皆为晚辈，可要听我的。

"这也好。"黎先生说。

我点头："唔，这也好。"

鲱鱼的味道

有一则外电新闻，说荷兰人看到法国人推销"宝血丽"新酒成功，自己发明了卖新鲜的鲱鱼，六月底发售，成为时尚。

荷兰人真的很爱吃鲱鱼 Herring，街头巷尾各有一档，客人站着，向小贩要了一客，拿起来，抬高头，整尾吃下去，而且是生的。

其实这只是一个印象，真正的荷兰鲱鱼，炮制发酵过，并非全生。吃时拌着洋葱碎。遇到新酿好的，一点也不像人家想象中那么腥，甜美得要命，不吃过不知其味。

整尾吃，虽然形象极佳，雄赳赳，像个吞剑士，好看得不得了。但这种吃法，洋葱碎都掉在碟中，没有它来调和，味道逊色得多。

最佳吃法，是请小贩把鱼切成四块，捞起洋葱一起细嚼，才能品尝到它的滋味。而且，一面吃鱼，一面喝烈酒，才过瘾。

酒名 Korenwijn，是用麦芽提炼又提炼，至最强烈状态。无色亦无香，像喝纯酒精。喝的方法也得按照古人，那是用中指、无名指和尾指勾住大啤酒杯的手把，再以拇指和食指抓住装 Korenwijn 的小酒杯，徐徐倒入啤酒之中，再饮之。

这种喝法极难做到，但入乡随俗，可以买大小酒杯各一，在冲凉时练习，等纯熟了，到街上去，以此法喝之，小贩和路过的人，看到了都会拍烂手掌。

基于日本料理世界流行，吃生鱼已不是一件什么新奇事，对荷兰的鲱鱼感兴趣的人越来越多，当地人也说那是荷兰寿司（Dutch Sushi），简单明了。

吃鲱鱼时，夹的洋葱，令我回忆起洋葱花。丁雄泉先生的画室中插满这种花，白的红的黄的，一股强烈的洋葱气味，久久不散。

当年常去阿姆斯特丹探望丁雄泉先生，今时他已仙游，我没有什么理由再去。不过，一想起鲱鱼，就怀念他老人家。为了鲱鱼，为了和丁先生一起去看的那棵大树，我还是会重访。

荷兰牡丹

无数的花卉之中，我最喜欢的是荷兰产的牡丹。

近年来在中国大量种植，荷兰进口的已少见，今天在太子道西的花墟，一间叫"远东"的店里找到。

和邻近的传统花店不同，这家人装修得相当抽象，但不会新得令人感觉不舒服。走进去，那么大的地方，并没有摆满花，只选突出的几种陈列，再深入一点就不得了了，店的一半，是一个大的玻璃冰箱，放着各种名贵的进口花朵，让客人走进去观赏。冰箱保持在八摄氏度，天气那么热，就算不买花，到里面"过冷河"，也爽快。

我要的牡丹也出现在眼前，每次看到它，就想起住在阿姆斯特丹的丁雄泉先生，他买花毫不吝啬，一束数十朵，也是最爱牡丹。

有一天在他的画室中，饭后没事做，就和他儿子玩摧花。

荷兰牡丹最初只有婴儿拳头那么一小粒，但盛开之后比一个汤碗还大，花瓣重叠又重叠，最感兴趣的就是一朵牡丹，究竟有多少瓣？

逐一折花来数，到最后，才知道有二百八十多瓣，令人不可置信。

东方牡丹要仗绿叶来扶持，但荷兰牡丹不必，叶呈长椭圆形，变化不大，亦只是普通绿色，不像中国牡丹那么墨绿。荷兰牡丹，摆在厅中，深夜还会发出阵阵幽香。

店里的刘小姐说："我们新加坡的经理是您姐姐的学生，听说您要来，叫我替她请安。"

我笑着致谢，姐姐当南洋女子中学校长时有三千个学生，校长一职一做数十年，学生个个来打招呼的话，我会忙死了。

花店为新加坡人石学藩经营，铺头产业是自己的，才敢那么玩，迫着交租的话，花又得摆得满满，没地方呼吸了。

图书在版编目（CIP）数据

山河不足重，重在遇知己 / 蔡澜著 . — 南京：江
苏凤凰文艺出版社，2024.4
ISBN 978-7-5594-8535-9

Ⅰ.①山… Ⅱ.①蔡… Ⅲ.①散文集 – 中国 – 当代
Ⅳ.① I267

中国国家版本馆 CIP 数据核字（2024）第 055598 号

山河不足重，重在遇知己

蔡澜 著

责任编辑	项雷达	
特约编辑	郭海东　陈思宇	
装帧设计	卷帙设计 QQ:2649686699	
责任印制	杨　丹	
出版发行	江苏凤凰文艺出版社	
	南京市中央路 165 号，邮编：210009	
网　　址	http://www.jswenyi.com	
印　　刷	天津鑫旭阳印刷有限公司	
开　　本	880 毫米 ×1230 毫米　1/32	
印　　张	7.75	
字　　数	156 千字	
版　　次	2024 年 4 月第 1 版	
印　　次	2024 年 4 月第 1 次印刷	
书　　号	ISBN 978-7-5594-8535-9	
定　　价	45.00 元	

江苏凤凰文艺版图书凡印刷、装订错误，可向出版社调换，联系电话 025-83280257